[百花谭文丛]

陈子善·主编

书生行止

薛冰／著

天津出版传媒集团

百花文艺出版社

图书在版编目(CIP)数据

书生行止 / 薛冰著. -- 天津：百花文艺出版社，
2014.8

（百花谭文丛）
ISBN 978-7-5306-6459-9

Ⅰ.①书… Ⅱ.①薛… Ⅲ.①散文集–中国–当代
Ⅳ.①I267

中国版本图书馆CIP数据核字(2014)第153698号

责任编辑:徐福伟
装帧设计:郭亚红 **责任校对:**张亚丽

出版人:李华敏
出版发行:百花文艺出版社
地址:天津市和平区西康路35号 **邮编:**300051
电话传真:+86-22-23332651（发行部）
　　　　　+86-22-23332656（总编室）
　　　　　+86-22-23332478（邮购部）
主页:http://www.bhpubl.com.cn
印刷:天津市银博印刷技术发展有限公司
开本:787×1092毫米 1/32
字数:69千字 **插页:**2
印张:5.75
版次:2014年8月第1版
印次:2014年8月第1次印刷
定价:25.00元

目 录

辑 一

辑 二

辑 三

辑 一

"喜欢得弗得了"

　　1980 年代初,中国终于走出了无书可读的黑暗时代,新华书店里渐渐有了点百花齐放的味道。可我因为正迷恋小说创作,阅读范围局限于中外小说名著;偶然看点杂书,也是想从中发现小说创作可以利用的材料。

　　改变了我的阅读视野直至人生轨迹的,是郑振铎先生的《西谛书话》。

　　《西谛书话》出版于 1983 年 10 月,我接触到它已是第二年的夏天。当时我对西谛先生的了解极其有限,对书话这种文体同样十分陌生,之所以会注意到这部书,是因为书前有叶圣老的序。那年春天我调入江苏省作协工作,而叶圣老的次子至诚先生时任《雨花》杂志主编,几乎天天见面,时聆教诲,因了这层缘故,对叶圣老推荐的书自然不肯错过。

叶圣老虽自谦对旧书外行，但不愧为文章妙手，序文中接二连三的"喜欢得弗得了"，就勾得读书人心中痒痒，迫切地想知道个中究竟有什么"弗得了"的东西在。开卷粗读，立刻便感觉到了西谛先生知识的渊博；渐渐地，我不仅为访书的趣味所吸引，为古旧书自身的价值所震惊，更为西谛先生爱书的那一种痴迷与激情深深打动。这固然是先生的性格使然，但他与书的关系，竟已无法用一个"爱"字简单地表达了。书于他绝不再是品茗把持的雅玩，也不止于研究学问的工具，更不会是保值收藏的介质；书对于西谛先生，实在已成为一种融入血肉、化入精魄的东西。从某种意义上说，没有书，也就不再有完整的西谛先生。

仅就这一点而言，已经"弗得了"。

更令人感佩的，是西谛先生身上所体现的中国知识分子的使命感。他一生以搜罗保护中华民族文献史料为己任，平时不惜代价访书收书，爬梳整理，研究考证，呕心沥血；而在抗战期间，他更置个人安危死生于度外，与野心勃勃的日本侵略者，与为虎作伥的汉奸文人，与唯利是图的书贾书贩巧妙周旋，"举鼎绝膑"，竭尽全力抢救民族文化遗产，阻止珍善古籍外流。用叶圣老的话说，"简直拼上了性命"。西谛先生说自己"狂胪文献耗中年"，是毫不夸张的。读《劫中得书记》,读《劫中得书续记》,读《脉望馆钞校本古今杂剧》,读《求书日录》,读《访笺杂记》,字里行间,都令人油然想起鲁迅先生的名言——"赶快做"。

原来在鲁迅的楷模之外,中国还有这样的文人,中国文化中还有这样的传统!

一个著书人,一个读书人,一个藏书人,要想成为一个真正的人,就应该具备西谛先生的这种境界,至少也应该追求西谛先生的这种境界。

这样一本能激荡起心胸中浩然之气的书,真的让我"喜欢得弗得了"。

从那以后,我的读书开始摆脱实用主义,不再满足于挖掘一点小说材料,领悟一点小说作法,激发一点创作灵感,而更注重于个人文化素养的提高,特别是精神境界的提升;从那以后,我才懂得怎样才能算是一个名副其实的中国文化人。

与此同时,书话这种文体,也让我一见倾心,有相见恨晚之感。专家学者,就某一命题,系统阅读研究相关书籍,其所作书话结集,谨严精湛,无异于学问门径;即或兴之所至,漫步书林,随手采撷,杂花缤纷,也令人茅塞顿开:原来书还可以这样读,文章还可以这样写,世间事物还可以从这样的角度进行剖视，真是"喜欢得弗得了"!

所以，我一边悉心搜集西谛先生著作的各种版本，搜集有关西谛先生的各种著述，一边开始关注当时出版的各种书话集。三联书店的那一套书话丛书，《晦庵书话》、《书林漫步》、《一氓题跋》、《书海夜航》、《书林秋草》等，先后进入我的珍藏，而黄裳先生的《银鱼集》、《翠墨集》、《榆下说书》、《珠还记幸》，更让我爱不释手，以后遂"逢黄必收"，陆续淘得黄裳先生的书话集数十种。其他出版社的《知堂序跋》、《书边草》、《猎书小记》，兼及《江浙访书记》、《访书见闻录》、《小说闲谈四种》、《走向世界》，并上溯到《书林清话》、《琉璃厂小志》、《藏书纪事诗》，也就是通常被称为"读书之书"的，渐渐成为我藏书中一个重要的系列。这些专家学者的书话与访书记，很少像西谛先生那样率性任情甚至慷慨激昂，多的是一种平实的语态，但同样处处流露着对于书籍那一种浓得化不开的挚情。

从尘世的喧嚣中逃出，泡上一杯清茶，打开一本书话，就像对面坐着一位谆谆长者，将他的读书心得、学问妙谛，毫无保留地和盘托出，时或被其触动心弦，真像《西游记》中描写的孙悟空，忍不住抓耳挠腮、手舞足蹈。古人说"如鱼饮水，冷暖自知"，读书话的快乐，常常正是如此，文字是难以完全表达出来的。

因为喜爱书话的浓情蜜意，使我对书话写作心向往之，但也视为畏途，以为好的书话就像冰山一样，没有海平面下的八分之七，就不可能托起海平面上的八分之一。后在王稼句先生的激励下，我从二十世纪九十年代初开始尝试，竟一发而不可收拾，最终导致我逐渐中止了小说创作，转向书话写作和版本研究。而又因此得以结识国内书话界的良师益友，常常能得到他们的新著，且不时相聚，倾情愫，通有无，增学识，更是足以大呼"喜欢得弗得了"的人生乐事。

忆程千帆先生

在南京的前辈学者中，我有幸交往较多，一再面聆教诲的，是程千帆先生。

1980年代初，我参加南京市文学讲习所的学习，所长就是程千帆先生。讲习所给我们提供的必读书中，有沈祖棻、程千帆夫妇选注的《古诗今选》。那时古典文学的选注本出版尚少，像沈、程两先生这样的学者兼诗人动手，在选、注、解题诸方面都有真知灼见的就更少了。

程先生也曾给我们上过课。记得有一次谈抒情诗，程先生深入浅出，所论远远超出了这个范围。特别是对当年风靡一时的"形象思维"说，程先生冷静地指出，中国过去并没有这样的概念区别，生活本身是复杂的，有情、有事、有理，诗人下笔之际，恐怕不会做得到停止大脑的某一种思维功能，只用"形象思维"功能；在创作时，也不要以为是在写抒情诗,就排斥应有的叙事和说理,抒情、叙事、说理应该允许同时存在。在当时能说这些话,不但需要学养,更需要胆魄。

1987年9月,江苏省作协组织一批老作家、老学者沿南运河参观采风,程先生也参加了。我作为工作人员,陪同他们游览周庄、陈墓、盛泽、黎里、同里、桃源,直到乌镇的茅盾故居,一行五日,前辈风采,领略尤多。每到一地,接待人都希望老先生们能留下墨宝,于是大家便公推出程先生来。程先生也不推辞,当场挥毫,或旧诗或新作,那一笔流丽的行楷,由米字中化出,柔中有刚,清雅脱俗。更深刻的感触,是从前辈学者的随意谈笑中,让我意识到了自己文化修养的浅薄;遗憾的是我当时兴趣全在小说创作上,错失了向他们讨教的好机会。

1994年末,我偶然买到了程千帆先生的早年著作《文学发凡》,系1943年8月成都刊本,列为"金陵大学文学院中国文学系丛书第二种"。适逢南京大学徐雁先生来访,我遂托他将这两册书带请程先生题签。当天晚上,徐雁先生即打电话告诉我,说程先生看到这书很开心,并兴致勃勃地谈起南运河采风的旧事。时隔七年,程先生居然还能记得我这个做服务工作的后生小辈。

程先生用毛笔，在《文学发凡》上下两册的封面上，满满地写下了题记，说明此书的版本源流："这是我早年写的一份讲稿，曾先后用《文学发凡》、《文论要诠》、《文论十笺》三个书名，在金陵大学、开明书店、太平书店、广文书局、黑龙江人民出版社、辽宁古籍出版社印过六次。其中香港太平、台北广文是盗版。它写成于一九四三年，我三十岁，最近将其收入选集在辽宁重印，已八十二岁了！薛兵同志偶得已不易见的金大初版，因为题记之。九五年春，千帆"，后钤"闲堂老人"篆文朱印。

　　值得一提的是，此书的遭港台出版社盗印，还曾被作为程先生"里通外国"的罪证，严加追查，真真让人哭笑不得。

　　1996年秋，我参与筹办《东方文化周刊》，后主持编辑工作，至今仍为朋友们所忆念的一个举措，就是辟"东方文曲星"专栏，以当世学者文人为"封面人物"，在现时"美女如云"的期刊封面中别具一格。次年第二十四期"封面人物"，就是鹤发童颜的程千帆先生，并配发了以《继古开今滋兰树蕙》为题的专文。在组稿时，我曾与徐雁一起去拜访程先生，程先生谈道，他早将自己的藏书捐给了南京大学图书馆，最近又将手稿和往来书信等文献资料捐给了南京大学档案馆。程先生说，他屡屡看到师友身后图书资料散失，十分令人痛惜，所以决定在自己还清醒的时候，就处理好这些事情。这无疑是非常明智的。刊物定于6月20日出版，正值香港回归前夕。谈到这普天同庆的盛大庆典即将到来，程先生欣然写下了"迎香港回归"五个大字，并为徐雁书写了自己的诗作《题静海寺》："静海前朝寺，沧桑二百年。蛮夷虽猾夏，汉帜复中天。殿宇新篁古，勋名日月鲜。凭栏望台岛，慷汝尚孤悬。"

2000年春节，我与徐雁等去程先生家拜年，把上中学的女儿也带去了。我觉得应该让她们这一代人，也能有亲近前辈学者的机会。程先生很喜欢孩子，听说女儿的小名叫早早，更加高兴，说到他的外孙女小名也叫早早，而沈先生曾做有长歌《早早诗》，风趣中颇见辛酸。程先生的外孙女得此名是因为8月而生；内子为女儿取这个小名，则是因为孩子生得晚，我们夫妻俩都已过了而立之年。而我们这一代人的孩子生得晚，是与社会动荡密切相关的。

程先生拉了孩子的手，问她的学习情况，并且一定要送她一件礼物作纪念，后来就将茶几上的一件纪念周恩来总理的铜质包金工艺品送给了孩子，托架上的圆章，正面的浮雕是总理的半身像，背面是总理的手迹，"艰苦奋斗,不怕困难"。我们谈话时,女儿一直静静地坐在旁边听,对这位银发老爷爷的风华神采留下了深刻印象。她也很珍惜程先生的这件礼物,一直放在写字台的右上角。

那一天,程先生的身体还是那样康健,情绪又是那样开朗,谈笑风生,反应敏捷,嗓音洪亮,让人完全没有先生暮年之感。一个多小时中,程先生说得多,我们听得多。程先生谈到他六十余年的治学经历,谈到他在校雠学上的贡献。他谦虚地说,他的老师中,有研究东方校雠学的,也有研究西方校雠学的,他的工作,只是将东西方的校雠学融会贯通。给我留下深刻印象的还有一段话,程先生说,他在三十岁以前,因为读得书少,是很敢写文章的;可是到五十岁以后,就不大敢写了,因为书读多了,明白要把文章写好不是容易的事情。

我虽也已年过五十,也许是因为被文化大革命耽搁了十年吧,有时还不得不写得很急,读书的时间则太少,结果每一本新书问世,几乎都会有遗憾的地方。这是值得认真反省的。

没想到四个月后,程先生竟与世长辞。参加悼唁活动时,看着照片上笑意慈蔼的程先生,我忽然想到了从未见过的沈先生。他们都将骸骨留在了异乡。出生于江苏的沈先生,将骸骨留在了不能厚待她的武汉,似乎是要让人们永远记住中国文化史上最黑暗的一页；而出生于湖南的程先生,将骸骨留在了厚待他的江苏,则似乎是要让人们记住,中国文化史上终于回归的光明。

也是城南旧事

2003 年，夏祖丽先生曾赠我一部她为母亲林海音写的传记，书名就叫《从城南走来》。隔年春天，又承她赠我台北天下文化版的《何凡传》，这是夏先生刚完成的父亲的传记，参与写作的还有其外子张至璋及成功大学应凤凰博士。夏先生的序文《也是城南旧事》，讲的则是她们全家居住台北市城南时的故事了。

但是《何凡传》的第一章《从颜料坊到宣武门外》，又从南京的城南说到了北京的城南。这一家人真可谓与城南有缘。

对于南京的书香世家，南京人现在已只知道南捕厅甘家了。长干里端木家、秦淮水榭朱家、红土桥陈家、颜料坊夏家等都已淡出了记忆。夏家祖宅所在的颜料坊，在拓宽集庆路时被铲除了一半，余下的半截也在"老城改造"中被夷为平地。说起夏仁虎,竟须得加一个注脚,说他是林海音的老公公,听者才不至于茫然。

这对于夏仁虎,未免过于委屈。

林海音的外子何凡,本名夏承楹,是夏仁虎的第六个儿子。夏家在明末自绍兴迁居金陵,素有清望。道光年间,夏仁虎的祖父夏岂和叔祖父夏塨相继中举,皆有文名,被时人比作晋代陆机、陆云兄弟,誉为"一时机云"。夏岂的长子家镐得中进士,曾任刑部右侍郎;次子家铣是邑增生,死于太平天国之难,后入祀金陵昭忠祠;四子家镛也是邑增生,曾在九江任税吏。家镛的五个儿子,少年时皆蜚声文坛,而四子仁虎尤著。夏仁虎1874年生于南京,三岁识字,七岁做对,十一岁作文,但偏爱诗词,少年时就因"窗外芭蕉篱内竹,一般夜雨两般声"的佳句,被恩师陈作霖赏识,以为有词意,遂得"两声词人"的雅号。他在光绪二十三年拔贡,第二年也就是戊戌变法之年,赴京朝考,得授京官,历任职刑部、邮传部、农工商部等;入民国后曾任财政部次长、国务院秘书长,五十五岁退休;后专事讲学与著述三十余年,有著作四十余种。据王景山先生统计,其中诗、词、文集十七种,风俗、掌故类六种,地方志类九种,学术著作七种,戏曲、小说各二种。1949年后被聘为中央文史馆馆员,1963 年辞世,享年九十。

民国年间,夏仁虎曾与章士钊、叶恭绰、张伯驹等组织诗社、词社,唱和不缀。据林海音说,夏仁虎晚年,仍和傅增湘、吴廷燮、赵椿年、郭则沄、张伯驹等国学前辈最为友好,"酬唱往来,享尽文人的乐趣。多年来的夏日黄昏,他几乎每天和这些好友在中山公园柏树林下的春明馆茶座聚晤"。他还仿《儒林外史》写下了一部《公园外史》,"叙述当时朋辈状况,灵感当然就是得自多年在公园'黄昏之游'的谈闻"。邓云乡先生也曾经说道,夏仁虎"虽无国学大师的头衔,但的确属于国学范畴的学人",希望今天能多几个知道夏仁虎、多几个读夏仁虎著作的人。

南京人不知夏仁虎,是文化视野的严重隔膜。

夏仁虎虽然二十四岁就离开南京,定居北京,但终生不忘故土。据其孙女祖丽说,他以枝巢为号,典出《古诗十九首》中的"胡马依北风,越鸟巢南枝",所以他将北京的居所称为"北枝巢";退休后曾经有举家南徙之意,毕竟因为在北京日久,已繁衍三代,难以成行。他最后的著作《枝巢九十回忆篇》中,也说到他"二十年前有意南返,于家乡购屋一区",其地在饮虹桥西九儿巷中,据说是明代魏国公更衣别墅的旧址;终因担心卷入政治旋涡,"归计蹉跎",而日寇侵华战事已起，只能"做《南枝巢赋》寄意"："枝巢既营，归栖未遂；风鹤忽惊，骨肉流离。"抗战期间，他困居沦陷的北京城中，尽管"纷纷伪组织，时来相诱劝"，都被他"严词坚拒绝"；还曾作《哀金陵赋》，以精卫填海"曾无救于洪流"喻指南京汪伪政府没有前途。

夏仁虎生平爱藏书，在《枝巢九十回忆篇》中，他自述生平有两件事恋恋难舍，"其一为藏书，是我平生愿。有力即购求，简册盈数万"。后为生计所迫，多被书贾捆载而去。但苦心搜集到的南京地方文献五百余种始终不能割舍，1960年，他因目力衰退，遂将其全部捐献南京市文管会，作为对故乡的回馈，其中有《景定建康志》这样的珍本。同时捐赠的还有他关于南京的著作，包括部分未刊文稿。

夏仁虎的著述中，与南京有关的专著至少有六种。最早的大约是1915年完成的《岁华忆语》，"于金陵旧时之风俗习尚，略可见焉"；1947年中秋他寄交卢前，于次年1月载入《南京文献》第十三号。其次是《玄武湖志》，1932年雕版刊印于北京，近年有广陵书社的影印本。1943年夏完成的《秦淮志》，1948年12月载《南京文献》第二十四号，近年重刊入秦淮区文化馆所编《秦淮夜谈》中。林海音以为《玄武湖志》"应属《秦淮志》的一部分"，则是误会。其实这些都是他为纂修《金陵通典》所做的准备,此外还有未能出版的《金陵明遗民录》十卷、《金陵艺文志》十四卷及《金陵艺文题跋》十四卷等。《金陵通典》似未能完稿,亦未见刊行。在他参与重修《江苏通志》所补的《耆献传》三百篇和诗词文集中,亦有许多关于南京的内容。夏仁虎对修纂地方志的浓厚兴趣,源于自幼师从南京著名方志学家陈作霖所受的影响。在北京,他还参与了《绥远通志》和《北京志》的修纂。后由燕山出版社出版的《北京市志稿》,就是由夏仁虎保存下来捐赠市府的。

方志著述中,最为夏氏所重视的,当是《秦淮志》。他在自序中说,"金陵诸山水多有志",偏偏最著名的"秦淮独无"。考其原因,大约一是秦淮河流域广,历史久,贯穿都市,体例难以把握;二是志秦淮必涉娼妓、游船,二者"已成不可离之局",但"详之伤志体,略之伤志实",取舍亦有困难。然时逢战乱,"老成日益凋落,文献将尽丧失",所以他打破通常山水小志体例,以水系地,将旧籍所载材料,析为流域、汇通、津梁、名迹、题咏五卷;将"闻诸父老者"和"身所及见者",撰为宅第、园林、坊市、游船、女闾、余闻六卷;另人物一卷,记述他所亲见者。这部六万余字的《秦淮志》,保存了丰富翔实的史料,至今还是研究秦淮文化最系统也最重要的"征考之资"。

夏仁虎的大哥和二哥两支，一直留居南京老家。

夏仁虎有八子一女，没有一个学中文、研国学的，也没有一人从政。只有学外文的何凡，后来进入文坛，也只有何凡一家离内地去了台湾。何凡在台湾办报纸，开专栏，搞翻译，影响到三代年轻人的成长；他的周围聚集着许多台湾文化界的精英人物，梁实秋、白先勇、痖弦、隐地、琦君、齐邦媛、侯榕生、彭歌等都是其座上客。"夏府永不熄灯的客厅，被认为是台湾半个文坛。"

何凡说，男女两性要像对联的上下联，要对仗工整，音韵和谐，分量平均，才是佳作。他与林海音，要算二十世纪中国文坛中难得的佳对了。更难得的是两人都长寿，共同生活六十三年。然而，林海音在内地家喻户晓，何凡却籍籍无名，由此亦可见两岸文化交流的缺乏和浮泛。

在同一个民族中，文化视野出现这样的隔膜，不能不说是可悲的。

我爱风流高格调

2004 年夏天,陈子善先生寄来两册《张爱玲的风气》,一册是赐我的,另一册嘱转送章品镇先生,因为其中选了章老的一篇旧作——《对〈传奇〉的印象》。于是想到,章老从事文艺工作六十余年,一生"为他人作嫁衣裳",自己则惜墨如金,然每一文出,观者必奔走传诵。改革开放以来他的新作,有了三联的一本《花木丛中人常在》,此前的旧作至今仍未能结集,岂不可惜! 其时适江苏作协编"老作家文库",抓我当差,遂与章老联系,拟编一部《章品镇文集》。哪知章老却以所作甚少,不能成"集",坚辞不许。几经磋商,章老方松口,允以来日,即待他的两本新书问世后,从三本书中精选一册。这"两本新书"之一,就是收入"开卷文丛"第二辑的《自己的嫁衣》,在《开卷》杂志创刊五周年的纪念活动同时,举行了首发式。

这本新书收文四十一篇,有一半正是章老的旧作,约占搜集到的旧作的十分之三。作品依时序编排,第一篇《挑"西瓜"的痴连元》作于1937年,当时章老才是十五岁的中学生,一篇人物素描就写得有张有弛,比今天的许多小说还好看。1943年,章老开始编《诗歌线》副刊,此前此后,自己也写了不少诗,还有若干杂文。其中就有那篇《对〈传奇〉的印象》,但文字有了些删减。在每一篇旧作的后面,章老都有附言或补记,交代那诗文写作的背景,特别是相关人物的命运,也是精彩的小品文。

首发式的当晚,我陪陈子善和严锋先生去看望章老,他因胆囊不适,住在省人民医院,虽然消瘦得厉害,但气色尚佳,谈锋尤健。我的印象中,要说二十世纪的文坛掌故,在江苏没有比章老更清楚的了。他出身南通书香世家,进入文化界甚早,后来因为工作的便利,与前辈文化人有着密切的接触,他是有心人,记忆力又好,所以百年旧事,只要提个头,他就如数家珍,津津有味。错综复杂的人物与事件,经他条分缕析,便豁然开朗,颇有点听说评书的味道。而章老亦以写人物见长,一两个细节,寥寥数语,常常就能将一个人写活了。这说明他的观察力、对人情世故的理解都非同一般,语言表达能力也十分深厚。我有时想,章老当年倘若搞创作写小说，成绩一定不会差。这本书里，他写多年的老朋友是如此，写旅途上一面之缘的陌生人同样如此。书中的几篇游记，写景固然不乏点睛之笔，但他笔下更生机盎然的，还是同游的朋友们。他的叙事功夫也很高，一篇《交臂失之述例》，将几十年间可遇可求、遇而未求的珍籍文玩，写得活色生香，让如我之辈的后生，无比欣羡。这本书中，还插配了几十幅珍贵的老照片，有章老与卞之琳、傅抱石、陈之佛、林散之、孙望、陈瘦竹、赵瑞蕻、冯亦代、王辛笛、贾植芳、周珏良、辛丰年、李俊民、潘旭澜、陆文夫等友人的合影，也有章老与家人晚辈的生活照，不但为读者提供了生动的形象参照，而且每一幅照片后面，又都有故事。

在《艺术》一文中，章老从欣赏雨花石起兴，说到对艺术品的品评，以为"气韵生动"该是"驾乎'神似'之上的"。"有些作品是传了神的，但说它'气韵生动'似乎还缺点什么。缺点什么呢？是作者的感情不够强烈甚至没有感情，由表及里都是冷冰冰的。因此，我觉得作者不但要传客体的神，更重要的是在传客体的神的同时，要有主体的神可传。"章老是以自己的写作，实践了这一信条的。

《自己的嫁衣》这个书名，显然典出秦韬玉的"为他人作嫁衣裳",我也就从《贫女》中剥得一句,来作此文的标题。

附记:

　　因作协工作计划变化,拟议中的《章品镇文集》终未编成,而章老已于2013年5月4日去世。

岁除的阅读

　　时值岁暮，正好看到夏志清先生的散文集《岁除的哀伤》，早早晚晚的零碎时间，便都在翻这本书。最先读的是与书同名的一篇，纪念"用枪把自己打死的"美国友人哈利。那是1975年年底，该是"收到一大堆寄来的贺年卡"的日子。也许正是这不适时的素卡，划破了夏先生心头原本积累的忧伤，流泻为这沉郁而生动的文字。那年他的小女儿自珍，已看出弱智的征候，使年过半百的夏先生精力上和心理上都增添了大负累，"人家过年开心，我们这一家，每逢圣诞佳节，只有心情更坏"。

　　这文章写到一半，夏先生"看到宋淇来信，谓钱钟书去世了，即把该文放下，另写追念钱钟书的悼文"。这文章也收在本书中，副标题是"兼谈中国古典文学研究之新趋向"。夏先生的《中国现代小说史》中，为钱钟书列了专章。

现在都道他"发掘"了张爱玲，其实他同样高度评价钱钟书先生的《围城》"是中国近代文学中最有趣和最用心经营的小说，可能亦是最伟大的一部"，并称誉钱先生为"不世之才，中西学问之渊博无人可及"。这篇文章后来写"豁边"了，从评价《谈艺录》发挥到当时文学批评界的若干问题，倒是显露出夏先生深厚的学术功底。

钱钟书先生的"去世"，当然是误传。同是炎黄子孙而致如此隔膜，实在令人哀伤。而更令人哀伤的是，在那个年代，不知有多少人，连《围城》都没有读过，更不要说《谈艺录》，却可以理直气壮地认为，钱钟书这样的人，早就该从精神到肉体"退出历史舞台"了。看来，编者以此篇名作为书名，是不无深意的。

值得庆幸的是，1979年4月钱先生访问哥大，正是由夏先生接待，两人一见面就"相抱示欢"，一天之内，三次聚谈，人情世事之间，同样处处皆学问。读《重会钱钟书纪实》，使人颇有身临其境之感。1983年夏先生访问中国，则是钱钟书先生代为安排。1998年钱先生病逝，夏先生又写了文章，从对《管锥编》的赞誉，联想到国学传统的发扬光大。这些文章，汇为本书的一个专辑"钱钟书天地"。

钱钟书之外，这书中另一个得列专辑的人物，自然是张爱玲了。从"张爱玲世界"一辑中，可以看到夏先生对张爱玲评价的微妙变化。这正是大学者的襟怀。夏先生读到张爱玲的几种传世之作，是在1950年代初，但他早在1943年就同张爱玲有过交往，不过其时夏先生的兴趣尚不在张的作品，而在另一位女士刘金川身上。读本书第一辑"自传的片段"，甚至可以认为，夏先生早年的生活环境，一度与张爱玲的颇为相似，他在那一段自传中流露的情调，居然与张氏作品有契合之处。不知道是不是有人已经发现过这一点。

这本书中另外的两辑，一是"岁除的哀伤"，收了七篇纪念文章。夏先生曾自嘲，说他的中文稿，"不是序跋，就是悼文"，但他的纪念文章委实写得情文并茂。编这本集子的陈子善先生，在《编后记》中说道："林以亮先生概括夏先生的散文是'禀赋、毅力、学问'的高度综合，确是好评。当然，还应加上'情感'才更为完整贴切。"我也觉得陈先生这一条加得极准确。另一辑是"师友、花木、故乡月"，虽然仍多怀人之作，但怀的是在世的师友，心境毕竟不同，也更能体现出夏先生"面对生活的种种坎坷，依然笑对人生"的风范。

书楼 书运 书人

　　2000年7月初，韦力先生来南京，约好了第二天陪他去访泽存书库。不想黄梅时节，次日清晨大雨滂沱，我劝他逗留一日，因为雨大只怕拍不成照片，但他因事急着要走，结果一个人去了，居然还拍了张不错的照片，特别是留下了院内那株大雪松的倩影。如今泽存书库还在，大雪松则确如他所说，已被南京的文化人糟蹋掉了。

　　这一错过，使我与韦力先生的见面，推迟了三年。但他在寻访古代藏书楼的事，我是早已耳闻，还帮他联络了扬州的韦明铧和苏州的王稼句。当时的韦力，在我的印象中颇富传奇色彩。他不但以藏书之富被誉为"中华当代藏书第一人"，而且也是中国当代藏书家中能拥有名副其实藏书楼的第一人。在电话和书信中，不断得知他寻访书楼的新进展，复在《藏书家》上开始看到最初的篇章，但直到

2005年2月,收到他惠赠的《书楼寻踪》,才算真正了解这一工作的全貌。

韦力先生在书中写道,他"由于对藏书的爱好,爱屋及乌,对藏书楼变得也很感兴趣",但把搜集到的藏书楼资料"放到一起慢慢比较,发现大多数材料对于藏书楼现址方面的描述均语焉不详。有一些描述地点的字数均相同,似乎均从一个出处抄来",以致他"发此宏愿,遍访国内可以找到的藏书楼,哪怕仅存遗址,也要目睹其况"。

自1999年开始的五年中,韦力先生走南闯北,居然被他寻访到了八十余座古代藏书楼。他以"藏书访古日记"的形式,记录了这些寻访的经历,依次有"浙江之行"十四处,"常熟之行"九处,"扬州之行"六处,"镇江之行"三处,"苏州之行"四十一处,"宁波之行"十四处,"南京之行"四处,"湖南之行"七处,"广东之行"十四处,"山东之行"十处,共一百二十处,其中有些藏书楼已经不存。且不说依次去访查一回了,就是能把这些藏书楼的相关资料找齐,把它们的来龙去脉理清,把它们的所在地都弄准确,也不是一件易事了。

从上述数字,可以想见当年江浙一带私家藏书之盛。而细读全文,与韦力先生一起品评这些藏书楼的存亡兴衰，又可以看出这五六十年间，不同城市管理者对于文化遗产的不同态度，以及造成的不同结果。即如我所居住的南京，现存藏书楼仅止三处，实在与其历史文化名城的地位不相称。但有什么办法呢，清代津逮楼和开有益斋是太平天国烧掉了，而明代焦竑的五车楼，则是1992年"老城区改造"时被拆掉的。硕果仅存的八十几座藏书楼，在韦力先生寻访之后，已经又有四座被拆毁。

藏书楼的命运如此，藏书的命运更令人感慨。就是建筑保存完好、被作为文物保护起来的藏书楼，也多是"凤去台空"，早已没有了藏书，徒然成为一个文化空壳。而今天新一代的爱书藏书人，家中能有一间书房已算很不错了，哪里还敢想藏书楼；至于藏书的质量，就更没法与前辈藏书家相比。

韦力先生所做的工作，其实还不止于访查现状和拍摄照片，他的这组"藏书访古日记"，确实是既有"访古"的记录，更有"藏书"的研究，对每一座藏书楼，他都做出了言简意赅的介绍，时有精辟的评价。由此更可以见出他藏书与读书的功底，舍此无法完成这项文化史上的壮举。

尽管具备了做这项工作的所有条件，真正做来也绝不是一件轻松的事情。在这些日记中，时时可见旅途的艰辛、访求的艰难，一些人出于莫名其妙原因的阻挠，简直让人无话可说。他"有时候也会反问自己，为什么要花钱吃苦"？在还不知道会不会有人想看这些文字的时候，他只能以这样的想法自慰：如果"把任何问题都想透，就会觉得做什么都没有必要了。所以人有时候需要自欺一些，告诉自己所做的事情是很有意义的"。

《书楼寻踪》在《藏书家》一刊出，就受到了广大读书人、爱书人的热情支持和鼓励。这事情的"很有意义"已毋庸置疑。

在谈到西涧草堂藏书全部捐献给国家，分藏于北图、浙图和上图，"蒋光煦为保存中国典籍功不可没"，"可是不知什么原因，在后来的藏书纪事诗中都很少提到他"时，韦力先生坦言，"这种有功于民族，有功于后学的人物，应当对其大力赞扬才是"。而韦力先生在二十一世纪初，以一己之力，对中国藏书楼这样一种富于民族特色的珍贵文化遗产进行盘点，同样是"有功于民族，有功于后学"。这项壮举与他不惜重金搜求的高品位藏书，都将使他在中国藏书史上具有无可替代的承前启后地位。对于韦力先生的这种努力，对于韦力先生这样的爱书人、读书人，中国文化界也"应当大力赞扬才是"。

探幽途中的陈子善

2007年暮春时节,南京凤凰崇正书院揭幕,陈子善先生应邀来做第一场讲座, 夜晚就宿在清凉山茂林修竹之间,明月清风为邻,书香墨韵做伴。我算是半个主人,陪他逛了一下午旧书店,也携了他的两种旧作,请他题签。其一即花城出版社1982年1月出版的《郁达夫忆鲁迅》。子善先生写道:"本书出版于廿五年前, 是我编书的第一本成果。当时我与王自立先生一起参加《鲁迅全集》的注释工作,又对郁达夫其人其文产生浓厚兴趣,这本小书也是我们合作研究鲁迅和郁达夫的第一个成果。倏忽廿五年过去,回想当年情景,回想自己走过的治学之路,不胜感慨。"

就在这"第一个成果"之中,无论是郁达夫所写有关鲁迅文字的钩稽编注,还是《郁达夫与鲁迅交往年表》的编写,都已经显露出子善先生治学之路的端倪。

子善先生的学术生涯，是自鲁迅研究肇始的，但他很快就拓而展之，由郁达夫而徐志摩，而周作人、梁实秋、台静农、叶灵凤、张爱玲……进入了更为广阔的新文学天地。不能不说，子善先生做了一个明智的抉择。一部中国现代文学史，毕竟不仅是"左翼"作家的文学史，也不仅是十来位"一线"作家的文学史。形成这样一个影响全社会的历史深远的文化运动，理应是一代以至几代文学家共同努力的结果；一部严肃的文学史，也就必须展示出那复杂、多元、群星璀璨的真实图景。然而，诚如子善先生所说，"对中国现代文学史研究而言，'一线'作家的研究已经做得相当深入（当然仍可继续拓展），'二线'乃至'三线'作家的研究却还相当薄弱。"所以他即以此为己任，"历史的很多东西是被遮蔽的，但人们希望了解真相，了解过去发生的事情。我的职责就是要把中国文学自五四运动之后的发展脉络梳理出来。""我历来不赶时髦，不人云亦云，历来致力于文学史上被遗忘、被忽视的作家作品的挖掘、整理和研究。"他并且坚定地表示，即使人生能有重新选择的机会，他"还是会做这个工作"。

柯灵先生曾指出："现代文学研究的方法之一，是探幽发微，钩沉辑佚，力求史实的补缺还原。知人论世衡文是否确当，是第二步的事。"子善先生就此阐发说："我的偏嗜正是这第一步的'探幽发微，钩沉辑佚'，也就是对现代文学史料的发掘、鉴别、查考和整理。这项研究虽属微观范畴，但我力图从'外缘'和'内征'两方面考析逸文的真伪，钩稽文坛的逸事，以求为现代文学史料学形成完整的体系，发挥应有的作用，添砖加瓦，进而从宏观上影响现代文学研究的路向和进程。"就此而言，子善先生的目的应该说是达到了的。

当然，在选编近百种现代作家作品集之外，子善先生也撰写了为数不菲的"知人论世衡文"的研究文章，前二十年的成绩，主要收入他在内地出版的第一本学术论文集《文人事》中，此外尚有《遗落的明珠》、《中国现代文学侧影》、《捞针集》、《海上书声》、《生命的记忆》、《发现的愉悦》等专著在海峡两岸出版。而最近几年的收获，便收在其新著《探幽途中》里面了。

《探幽途中》这个书名，就让我很欣赏。2007年第二期《文学界》杂志的"书爱家专号"，给子善先生冠以"揭幕奇侠"的称号，我觉得至少在风格上，不是很符合子善先生其人。相对而言，"探幽"二字，能够更为准确地体现陈先生的神韵。这本新书，既是子善先生近年"探幽"的成果，也是"探幽"途程中的子善先生的写照。书中有对鲁迅《死魂灵》题签本"出土"所做的精确诠释，也有对徐志摩爱情日记历次出版的详尽考略，有对傅雷、许广平、陆小曼等现代作家逸文的发现，也有对现代名著的整理与重读……其间不乏对当前现代文学研究状况的反思，如在谈到方继孝先生的新著《断简出尘》时，子善先生提出了"一个令人担忧的问题"，即"当今学术界与收藏界的沟通很不够，学术界对收藏界的发现经常不闻不问。试问，搞历史的能不重视考古发掘吗？这几乎是不可想象的。然而，近年来在近现代政治史、学术史、文学史、艺术史和文化史等方面的研究中，研究者对收藏界公布的众多新发现往往缺乏应有的热情，这就在很大程度上限制了研究者的视野，阻碍了研究的进一步深入"。

从"且说说我自己"一辑中，我们得以了解子善先生"第一本书"的出版经过，了解他喜爱读的书，他的书房、书缘、笔名以至闲章，甚至还有他少年时的窃书经历。探幽途中的子善先生，并不如西西弗斯那样不停地做苦力，他的生活充满着常人的情趣。他对古典音乐的欣赏和痴迷，以至对猫啊狗啊的宠爱，都是我所曾亲眼目睹的，而现在由他娓娓道来，仍然别有一番滋味。看到畅销时尚杂志所开列的"时尚指标",他也会"好奇地"与自己对照,得出的结论是在三十三项指标中,他"完全中标的仅一项,部分中标的也不过十一二项"。那"完全中标"的一项,容我透露,竟是"不穿名牌"。我想,重要的不在于子善先生是否够得上"时尚人士",而是新世纪之初,一位学者与时尚的邂逅,无疑可以视为当代一种有趣的文化现象。

可扬先生与藏书票

2007年10月21日，第十二届全国藏书票艺术展和中国藏书票研究会年会同时在苏州木渎严家花园举行，藏书票艺术家和收藏爱好者三百余人欢聚一堂。我与吴兴文、王稼句、蔡玉洗、董宁文等友人，也应邀参加了这一盛会。虽然对藏书票心仪有年，我还是第一次有幸参与这样大规模的活动，得以结识梁栋先生等多位慕名已久的藏书票艺术家，也欣赏了琳琅满目的藏书票艺术品。在次日举行的藏书文化研讨会上，我说到藏书票不仅是版画艺术品，还是藏书文化的重要组成部分，当前群众性的读书、藏书活动如火如荼，希望藏书票艺术家能走出象牙塔，与当代藏书家携手合作，共同弘扬藏书票艺术。我们这些爱书人，也愿意就此同藏书界的朋友联络，牵线搭桥。这一建议，得到与会艺术家的积极赞同。

也就是在这次活动中，我与张子虎先生有过短暂的交流。因为知道他是杨可扬先生的入室弟子，所以向他问起新近出版的《可扬藏书票》的情况。张先生慨然允诺，回上海后寄我一本。果然，在10月26日，张先生就寄出了有可扬先生粗犷签名的《可扬藏书票》。

可扬先生是著名的版画艺术家，七十一岁才开始从事藏书票创作，然而这块园地的开拓，使他的艺术生涯再一次焕发青春。他在本书序言中写道："在藏书票和大型版画的交替创作中，我尝到了藏书票带给版画创作的启迪和甜头。它的幅面很小，题材不拘，形式自由，易于上手，费时不多"，因此"可以作为艺术上探索创新的实践和实验。有时创作出一张在题材内容、构图格局、色调搭配上颇有新意的书票，我就在这个基础上进行加工改造、充实提高，发展成为一幅大型版画，往往能取得较好的效果"。虽已是九十四岁的高龄，但从书中可以看出，他的艺术创造力丝毫未减，近几年的藏书票创作，仍然时时闪现出过人的睿智和炫目的光彩。如2004年创作的"之之本命年"，票面图案是一个扎着花头巾、背着大书包的俏皮小猴子，让人立刻可以想到票主肯定是一个属猴的女孩子。2005年的"项兆丰藏书"，设计成窗花形式，黑色的窗格中，"项、兆、藏、书"四个小字挂角,一个写在红纸上的大大的"丰"字居中,充满喜庆意味。2006年的"上海鲁迅纪念馆存书",巧妙地化用了《祝福》中的一个场景,作为衬景的粉墙上写着大大的黑色"福"字,而主体绍式房屋门楣和门板上的一方红纸,尤其是门前阶梯旁的一盆红花,完全改变了旧有的氛围,可谓不着一字,尽得风流。2007年的"韶雪爱书",因为票主的名字中有一个"雪"字,票面便设计成一个冬日的小村庄,以黑色的近树远林为背景,前景中的房屋黄墙白顶,如同披着一层厚雪,而置于底部的"EXLIBRIS"采用红色,为画面增添了亮色和生气。

这一本《可扬藏书票》,与可扬先生以往的藏书票作品集,还有几点不同之处。首先,本书汇集了可扬先生迄今为止所创作的几乎全部藏书票,共二百二十五种,系统而完整地反映了可扬先生近二十多年来从事藏书票创作的历程和所达到的崇高艺术成就。

其次,收入本书的藏书票,是出于一位藏书票爱好者的收藏,这位收藏者就是可扬先生的忘年交徐志康先生。十年以前,他第一次看到可扬先生的藏书票,就被那"浓厚的书卷气、艳丽的色彩、力透纸背的线条、粗犷的构图和深奥的哲理"一下子吸引住了,从此与可扬先生订交,致力于可扬先生藏书票的搜集，在可扬先生的关爱下，"渐入佳境，终集大成"。而他也"总觉得肩上有一种不可推卸的责任，一定要将反映杨老晚年版画艺术的藏书票汇集出版，让更多的藏书票爱好者分享这一艺术珍品的魅力"。

第三，这本书的主编恽甫铭先生，不但是编辑工作的行家里手，而且是一位画家，从他为本书撰写的序言里，可以看出，他对藏书票艺术的真谛，对可扬先生藏书票的艺术特色，都有独到之见。张子虎先生所作的封面与扉页设计，也是质朴而不乏大家气象。所以这本书的装帧以至印刷，都达到了较高的水平，尤其是套印版画的色彩，把握准确，得到逼真的再现。

关于举办朱偰先生百年诞辰
纪念活动的倡议

2007 年是朱偰先生诞辰一百周年。鉴于朱偰先生对南京城市文化建设、历史文化资源保护所作出的重大贡献，特别是奋不顾身保卫南京明城墙、直至奉献生命的可贵精神，我们谨发起倡议，在 4 月 15 日举办朱偰先生百年诞辰纪念活动，并希望江苏省和南京市的文化领导部门，能出面主持这一活动。

朱偰先生诞生于 1907 年 4 月 15 日(农历三月初三)，是著名历史学家朱希祖先生长子，幼秉家学，精研文史。他于二十世纪二十年代先攻读于北京大学，后留学于德国柏林大学，1932 年取得经济学哲学博士学位；归国后出任中央大学经济系教授、系主任，讲授财政学、世界经济、经济名著选读等。但他对历史胜迹和文物始终保持着浓厚的兴趣与热爱，在中大任教期间，"出其绪余，抽其暇暑，常事考察,兼以摄影,随时记述",使朱希祖先生产生"余虽治乙部,反不如其专精,虽欲造述,亦不如其敏捷"的感慨(见朱希祖《金陵古迹图考序》)。鉴于国民政府建都南京以后,文物古迹在公私营造中"毁弃尤多","摧毁之事,层出不穷"的现实,朱偰先生以自己历时数年的实地考察和悉心研究为基础,先后出版了《金陵古迹名胜影集》《金陵古迹图考》《建康兰陵六朝陵墓图考》等著作,一方面督促政府保护历史文化资源,一方面向广大民众作保护名胜古迹的启蒙。这些著作中,保留了大量南京文物古迹的可贵影像和第一手资料,使后人得以了解其当时面貌,至今仍是相关研究者的必读之书。与此同时,他还利用暑假北上考察,撰著出版了《元大都宫殿考》《明清两代宫苑建置沿革图考》和《北京宫阙图说》等著作。

中华人民共和国成立后,朱偰先生历任南京大学经济系教授、系主任,江苏省文化局副局长,省文物管理委员会副主任,省图书馆委员会副主任。1956 年 4 月底,南京市政府为某单位基建批准在太平门缺口处拆城取砖,时任江苏省文化局副局长的朱偰先生就提出不同意见;6—7 月间,他接到中华门内瓮城及石头城等处面临被拆危险的紧急报告,当即赶往现场察看,并向南京市政府提出意见,加以制止;此后,朱偰先生四处奔走,联合社会各界共同呼吁,以阻止渐成风潮的拆城活动。9 月 23 日,《新华日报》刊登了朱偰先生的文章《南京市城建部门不应该任意拆除城墙》,对有关部门提出严厉批评。该文先后被《光明日报》、《文化新闻》等报刊转载,省、市电台广播,在市民中引起强烈反响。朱偰先生还电告中央文化部,请求制止南京的拆城风潮。南京的拆城风潮因此被暂时阻止,中华门瓮城和石头城得以保全。但在 1957 年,朱偰先生却因此被定为"右派",文化大革命开始更惨遭迫害,于 1968 年 7 月 15 日含冤辞世。1978 年,党和政府为朱偰先生平反昭雪,恢复名誉。

改革开放以来,南京明城墙的价值越来越为社会所认识,明城墙保护逐渐成为南京城市建设的重要内容。1988 年,南京明城墙被列为全国文物保护单位,现又在申报世界历史文化遗产。国家文物局领导同志曾指出,南京已是中国唯一有条件整体申报世界文化遗产的古都。南京明城墙的重要意义由此可见一斑。当此之际,我们不能不追念朱偰先生的历史功绩。已故著名作家艾煊先生曾在《帽子与城墙》一文中,将朱偰先生比喻为"护城之神",理应得到人们的敬重。

进入新世纪,党和国家提出科学发展观,历史文化资源在城市可持续发展中的作用,也已成社会共识。纪念朱偰先生百年诞辰,倡导他那种孜孜矻矻于城市文化建设、奋不顾身保护历史文化遗产的精神,在当代仍然具有重要的现实意义。所以,我们特向社会各界发出呼吁,在朱偰先生百年诞辰之际,举办隆重的群众性纪念活动,出版纪念文集,通过报刊电视等媒体广为宣传,并选择适当的场所树立朱偰先生的雕像,在城墙博物馆中为朱偰先生设立专门的纪念室,以激励人们热爱家乡,热爱南京,吸引更多的人致力于南京的历史文化遗产保护工作,为南京的科学发展、和谐进步贡献力量。

附记:

这篇倡议,系出自董健先生提议,由我执笔。此前,朱先生子女曾提出要求,得到的回复是不能举办。后我随董健、宋词二先生发起倡议,得到各界人士积极响应,终以南京图书馆出面,如期举办了纪念活动,也出版了纪念文集。

活泼泼的文字迷住我的魂

　　赵萝蕤先生的著作，如果不算译作，以前只读过《我的读书生涯》。那一本中收入的文章，主要还是在谈译事，让我们对于作为翻译家的赵先生，可以有较多的了解。然而，赵先生其实不仅是位翻译家，还是作家和诗人，对于文艺理论也有研究。这一些，我是在读了新近出版的《读书生活散札》之后，才知道的。

　　在《我的读书生涯》中，赵先生写下了这样一段话："从'七七事变'以后我一直是失业的。当时西南联大继续清华大学的老规矩，夫妇不同校；丈夫在联大就职，妻子就不能在同一学校任课。而且那时物价腾贵，金圆券不值钱，教书还不及当个保姆收入多，因为在联大的八年里我基本是操持家务。我是老脑筋：妻子理应为丈夫做出牺牲。但我终究是个读书人。我在烧菜锅时，腿上放着一本狄更斯。"

教书的收入不及当保姆,赵先生只好自任保姆,以保证外子陈梦家先生的教学与研究工作。但她也绝不甘心于做一个保姆。《读书生活散札》中有好几篇散文,栩栩如生地描绘了这一时期厨房生活与读书写作的冲突,如《厨房怨》中写道:"没有一本书不在最重要处被打断,没有一段话不在半中腰就告辞。偶有所思则头无暇及绪,有所感须顿时移向锅火。""最后决志偷空。在饭未熟时看一章——饭焦或章缺。在油未沸时,缝两针——油焦,锅黑,或来回奔视。在菜未烂时写一段——菜煳,水干,或写作半句。汤不等开,先吃热菜,则汤干,来回奔驰,饭冷。"就是在这样的条件下,赵先生陆续写下了收在本书中的几十篇诗文。

创作与翻译不同,没有凭借,也就不受约束,所以更能见出作者的文采风流。《椿庐记》中写初见南岳衡山:"这山的躯干虽是和别的路上无名小卒的山一样红红绿绿,但猛然来三棵大树,两家茅屋,走出几头丑猪,真是像下了村一样。待到见了黄庭观,十数级宽阔的台阶,几个穷道士,才像有点名山的样子。"文字清新洒脱,冷讽而不着痕迹,使读者如见滥入五岳的衡山的尴尬。《"象牙"的故事》

中写安南美人："丰美光亮如漆的黑发，很文静地拢在耳后，颜色如玉，五官如画，贞静贤淑至极。身上一褶窄窄袖的深紫色绸衣，腕上玉镯，仍然端端正正地坐在那里。真好一个象牙人。"沉稳的精雕细琢，文字与美人一样恰如其分。以文字再现音乐，最为难事，请看赵先生描写不成熟的演奏："琴里倒是有几颗大珠小珠，但是象牙人的高山流水却多泥滩拌石，闲花杂草。"让人如闻其声。甚而对乐理的分析也同样生动："音乐这样东西，虽说有很大的罗曼蒂克的成分，有时却可以非常之克拉西格尔，甚至于可以上达数理的高超，分析到微乎其微，而可以井井然有条，分量，比例，倍数历历可指。……刚好我的学生有这样的需要，于是我常常会汗珠淋漓地在她谱上演出许多高超的数题来。"显示出作者精深的音乐造诣。

赵先生在1940年的一首诗中写道："每当我下笔的时候/想起了那些死的字/就咬牙痛恨，可又想到了那些活泼泼的，/又迷住了我的魂。"

正是这种随处可见的"活泼泼"文字，让我对这本书爱不释手。

赵先生的诗，陈子善先生曾经介绍过一首《中秋月有华》，收在这书里的共有十三首。我更喜欢的是那一首《新桃源》:"入桃源为的是避乱世,/太平天飞满了杀人的机;/从来没听过人喜欢雨,/看见白絮飘蓝空,就头痛。"江南弱女子的诗,读来却有京韵的铿锵。全诗五节,第四节全变成了"□□□",想来这不是作者故弄玄虚的"此处删去若干字",而是在《大公报》发表时,因为直言"违碍"被开了天窗。

不仅于创作,在文学批评方面,赵先生也不乏灼见。请读她 1944 年所写的《近思杂述之一》:"有许多文章,不论是诗、小说、散文或戏剧,叫人一看就非常难过。那里面充满了私情、媚意、矫作、姿态、铺张,一些个欲情闭塞得发胀的'自我',简直困制了文学!有些个'我'在设法表现着自己的自满,有些是用艳丽的字眼卖弄着风姿,有些在用自己并未明了的句子掩饰着自己的空虚,有些尽量地在偷东袭西,在借别人漂亮的衣服,盖自己丑陋的身体;在一知半解的抄袭模拟之下,还要制造出若有其事的自满的神秘。"并且直斥"这些自欺欺人的文学事业者,确是'自我'表现的至鄙者"。如此精辟之论,登在今天的报刊上,同样有针砭时弊的效果。太阳每天都是新的,可我们的读者,不幸得很,竟不得不反复地受这种"至鄙者"的折磨。1994 年,赵萝蕤先生在接受美国学者肯尼思·M.普莱斯的采访时，旗帜鲜明地宣称："今天的中国没有多少诗歌，至少我读到的不多！我认为我们不读当代文学并不是件好事，不过实际上我还是不读。"可见她的文学理念是终生不悔的。

赵先生强调："从来最真挚、最感人、最优秀的文学作家，不论属于哪一时代，哪一潮流，哪一民族，哪一境界，都是由'真我'推及于'非我'及'超我'的。"让人联想到她在《真人与圣人》中所希望的："天然的不一定尽善，但是却一定不假；人为的不一定尽恶，但却很容易是假的。""让我们这些能力微薄的人，先求'真'：求真知自己。'真己'是人人可求，自然的，很不完善的。其次再求善，做一个尽心尽性的比较不大不完善的真人。"

这种孜孜不倦的毕生追求，成就了一个"完善的真人"。

同在《近思杂述之一》中，赵先生提出了对于文学作者素养的要求："文学作者和其他的人的不同处，就在于他对于他所居留的世界不但有感情并且有理解，不但有理解并且有感情。他对于他的世界必须有广博的知识、深厚的感情：就是一般所谓丰富的人生经验、真率的性灵。"

这种要求，不仅于文学创作，在文学翻译中同样是不可或缺的。

翻译质量是近年来的热门话题之一，时见报刊上摆擂台。我于外语是文盲，不敢妄言。赵先生曾经说到翻译严肃的外国文学著作，应该具备三个起码的条件，在"对作家作品理解得越深越好"和"谦虚谨慎的工作态度"之外，她还强调了"两种语言的较高水平"，需要一定的汉语水平才能较好地反映外国作家作品的内容与艺术风格，也就是说，翻译家不单外语要好，汉语也要好。单是外语好，未必能成为翻译家，更不可能成为文学翻译家；倒是不懂外语的人，比如林琴南，为中国人译出了一批西方文学作品，一百年后竟还有人要读。赵先生能成为二十世纪最重要的翻译家之一，与她文学创作的成就之高，是大有关系的。

陈子善先生在《记忆中的赵萝蕤先生》一文中呼吁："以赵先生的诗名和文名，应该有有心人来搜集整理她的作品，编辑出版并加以研究。文学史家不应忘记赵萝蕤先生。"这本新书，便是赵先生的亲属和湖州"赵紫宸·赵萝蕤纪念馆"共同努力的结果。全书收诗文五十六篇，不但有赵先生自己剪存的民国年间发表于报刊的二十余篇作品，而且还有十七篇手稿。如果说《我的读书生涯》中，赵先生面对的是世界，那么在这本《读书生活散札》中，赵先生更多的是面对自我。正如新书《编后记》中所说,"《读书生活散札》的出版,为更全面、立体地认识和研究赵萝蕤教授增添了新的材料。"

初上念楼

阳春三月,收到钟叔河先生寄赠的《念楼序跋》,时时翻阅,在踪迹先生近三十年间编书、著书和读书历程的同时,恍惚也看到了自己读书求学的足迹,故而感触尤深。我的最高学历是高中二年级,在"教育产业化"的今天,只能算个半文盲,幸亏在度尽劫波之际,就读到几部好书,开眼界,拓胸襟,受用半生,至于年过花甲,还不见得太落伍。其中影响最大的,当数钟先生所编的《走向世界丛书》,而丛书各册序言结集而成的《走向世界》,竟被我翻烂了。

也就想到,钟先生近年几部著作,都以"念楼"为名,我虽有幸两次面聆教诲,却至今无缘一上念楼,不免遗憾。

无巧不成书。清明时节,恰得彭国梁先生邀,与王稼句先生同赴长沙,开一个纪念辛亥革命一百周年的会。稼句还是初次入湘,所以在出发之前,两人就商量好了,一定要留出时间，去念楼拜望钟先生。国梁理解我们的心情，事先做好了安排。这样在4月9日的上午，沾染着长沙迷离的雨花，我们终于登上了向往已久的念楼。

就建筑而言，这座楼房不会给人留下什么特别的印象。只是因为有钟先生住在这里，它才会为当下读书人念念不忘。山不在高，水不在深，善哉斯言。念楼中的陈设，一如钟先生所描写的那样。宽敞的客厅一角，安置了一张书桌。书桌后的两个大书架上，满放着的都是工具书，一部《汉语大词典》，牙白护封的中部已经被摸得变了颜色，可见先生平素治学的认真。先生的藏书，则在书房中。

钟先生放下写了一半的文稿，关心地问及我们的行程。因我们刚去过长沙县的金井镇，他回忆起当年从平江来长沙，就要经过金井，那时全靠步行，起早带晚，要走整整一天。现在有了公路汽车，人的活动半径就大得多了。

虽已是八十高龄，钟先生精神矍铄，思维敏捷，兴致勃勃地谈起他最近在做的几种新书。因说到《林屋山民送米图卷子》旧版印得不理想，正打算重做。稼句当即表示，可以为钟先生找到该书的线装本，作为重印底本。

钟先生送《念楼序跋》给稼句和国梁，因为我已有了，便另送我一部湖南美术出版社出版的《念楼学短合集》

的精装本。这部书的序言，钟先生请了杨绛先生来写，因为当年《走向世界》的序言，是钱钟书先生所写，而且是钱先生主动要求写的。这在钱先生，是一生中的唯一一次。杨先生序中提到的"双序珠玉交辉"，就是钟先生请托时的说辞。杨先生不顾"腕弱"，遂成就了这一段佳话。

《念楼学短合集》的好处，杨绛先生在序文中做了"句句有千钧之重"的评价。倒是稼句注意到，这一种精装本，与他所得的一种装帧不同。那一种软精装，是将封面回折，包过书脊而成；这一种则是另做成单独的护封，外加硬纸函套。连同平装本，这一部书就有了三种不同的装帧。这也是应该记下的书林掌故。

三种装帧的共同点，是书脊外露，便于平摊阅读。钟先生说，这个创意初见于南京书衣坊主人朱赢椿设计的那一套"城市文化丛书"，"最妙的是书页全用线穿，封面也不粘连书本，书脊上能看出麻线绞结，百多页（两百多面）的本子，无论翻开哪一页，都可以平摊着看，不必'手指头告消乏'。此乃近十年来第一遭真得开卷之乐"。钟先生专门写了一篇《喜得展卷之乐》（收入《念楼序跋》时易名《展得开》），以出版家的慧眼，敏锐地点出其佳处。朱赢椿后来在此基础上加以改进，作为《不裁》的装帧，竟一举夺得

2007 年度"世界最美的书"的殊荣。

钟先生同样也提出了改进的设想:"书的封面干脆印成单独的护封,和书本两不相关,不仅更加禁得起翻,书名也可以出现在书脊上,这样便更好了。"而《念楼学短合集》中单册的装帧,就正是依钟先生所设想的样子来做的。

《念楼序跋》是湖南文艺出版社 2010 年 10 月的布面精装本。牛皮纸护封的封底上,印着《〈走向世界〉后记》开篇第一节:"'我的杯很小,但我用我的杯喝水。'——这是法国诗人缪赛的名句,也是我很喜欢的一种态度。真正能够不用别人的杯喝水吗? 其实也未必尽然;不过有这么一点儿洁癖,就不那么容易随着大流去吃大户罢了。"

坚守"这么一点儿洁癖",不"随着大流去吃大户",则是钟先生的态度了。

正是这种态度,使钟先生赢得了普天下读书人的尊崇。

我们是中午辞出念楼的。当天下午,陪稼句去了岳麓书院。书院的建筑,较我前次来时又繁缛了几重,标出了几十个景点。其实我们想瞻仰的,只是那扇正门,和门上的对联:"惟楚有材,于斯为盛。"

因为懂得　所以慈悲

——读秦风《其实我们懂得彼此的心》

很久没有读到这样耐人寻味的好文章了。

我一次又一次地被激动，又一次次地从激动转入沉思。

《其实我们懂得彼此的心》，我们真的能够懂得彼此的心吗？

"黄金万两容易得，世上知音最难求。"知心比知音更困难。"懂得彼此的心"，常常只能是一种美好的愿望。

但是，我以为我读懂了作者的心。

作者既预料到读者能够懂得，他应该也是懂得读者的心的。

说彼此懂得，或非虚言。

文章加了一个副标题:《朱谌之遗骸寻访记》。文中确实写了这样一件事:一个叫朱谌之的女性死于非命,五十年后,秦风先生受托寻访她的遗骸。

这是太过漫长的寻访,这也是太过艰难的寻访,每一步都须跨越时间与空间、存在与思维的隔阂。以至在寻访的过程中,朱谌之的遗骸寻到与否,已经变得不重要了。

重要的是,在跨越这些隔阂时所不得不思考的:中国历史的症结,中国社会的弊端,中华民族的命运。

当然,也包括朱谌之的命运——每一个中国公民的命运。

对于此岸,朱谌之是一位献身者。

对于彼岸,她是不能不杀的"奸伪"。

如果两岸的历史一直处于这样的僵持之中,也就不会有这次寻访。然而在 2000 年 8 月的台北,出现了一个"战争、人权、和平的省思"特展。尽管在当时,"台湾社会还没有成熟到能把不同政治色彩的献身者真正放在同一水平看待的程度",但展览最终被批准了。台湾社会从为"白色恐怖的受害者"平反,走到了开始对"大肆枪决共产党员和'左翼'人士"进行反思。

台湾观众留下了这样的感言："珍惜现在，祈福未来，尊重人权，彼此友爱！"

友爱，必须是彼此的。

秦风先生说，决定举办这次特展，是"极为勇敢"的行为，但"这一关一定要过"。

从起步到终点，其间的距离可想而知。

起步，才有可能到达终点——当然，起步之后也可能后退。

关键在于谁来选择，选择什么。

值得一提的是，对这次特展反应最激烈的，不是国民党人，而是"台独分子"。因为展览"客观上也指出了一项基本的历史事实，即两岸分裂是源于国共内战的民族创伤，从根本上颠覆了'台独'的论述"。

历史不承认假设，我们不能奢望不出现这如海峡般的创伤。我们只能希望这创伤得到弥合。近年来，连战先生、宋楚瑜先生及其他台湾政治领袖的内地之行，证明了此岸与彼岸，都有疗治创伤的诚意。

没有了两岸的分裂，也就没有了"台独"的容身之地。

在彼岸,不仅有龙应台,也有陈莲芳。

朱谌之的养女陈莲芳一再强调,怕对往事的重提,会影响女儿的前程。尽管这种顾虑在今日台湾"早已不成问题",秦风先生仍然表示了理解:"我没有资格做任何道德评断,因为那终究不是我的人生,我未曾为此付出任何代价。"

然而,如果大家都是陈莲芳,她们的儿女就一定不会有好的前程。

"我们曾经被这样灌注,两岸中国人流的鲜血好像只是为了换来更多的深仇大恨,或是换来更令人仰望的主义与领袖。我想这绝非流血的人所愿,我相信他们一定愿以自己的生命换来更宽广的世界:敞开的心胸,宽容的情怀,一个理性与法律超越个人权力欲念的中国⋯⋯"正因为秦风先生懂得往昔献身者的心,才会有以一己之力完成这艰难寻访的慈悲心肠。

此岸的《老照片》将彼岸的现实与作者的思考传达给此岸的读者,同样是出于一个良好的意愿:让"中国人社会"能更好地"懂得彼此的心"。

辑 二

影响我思想成长的十一种书

一、《水浒传会评本》(施耐庵著,金圣叹、李卓吾等评,北京大学出版社 1981 年 12 月版)

这是一本常读常新的书,十二岁初读,被动人的故事情节所迷。三十六岁再读,为精湛的写作技巧感慨。五十岁后重读,思考更多的是人与社会的冲突,这种冲突发生的必然性,以及改善的可能途径。

二、《鲁迅全集》(十卷本)(鲁迅著, 人民文学出版社 1956—1958 年版)

1966 年暑假,在大串联之前的几个月中,从一位同学家中借读了这部大书。当时就用得上的是"杂文笔法",但深远的影响还是逻辑的严密,文字的白描与冷讽。几十年来,我是通过努力摆脱对鲁迅先生的最初印象,逐渐认识鲁迅先生的。

三、《宋词选》(胡云翼选注,中华书局 1962 年 2 月版)

在插队农村无书可读的八年间,伴随我最久的就是侥幸得到的这一本,其中的大部分都抄录过,至今还能背出不少。婉约派无尽的情愁与当时的心境相近,豪放派无奈的壮阔则激励着坚守的意志。至于传统文化潜移默化的熏陶,那是以后才意识到的。

四、《癌病房》([前苏联]亚·索尔仁尼琴著,荣如德译,上海译文出版社 1980 年 4 月版)

思想解放的洪流中所读,第一次真正颠覆了革命"左派"的形象,不仅在政治上,更重要的是在人性上。虽然以后更喜欢海明威、茨威格、雨果和玛格丽特·杜拉,但从精神成长的意义上,他们谁也取代不了索尔仁尼琴。

五、《金陵五记》(黄裳著,金陵书画社 1982 年 6 月版)

黄裳先生的书话我非常喜欢,但总觉得这一本对我更为重要。因为它让我学会了怎样观察与剖析一个城市,更让我懂得了,一个人的生命中必得有一座生死与共的城市。

六、《西谛书话》(郑振铎著,三联书店 1983 年 10 月版)

就书话而言,郑振铎先生的书话也许并非上乘;然而这本书中充溢着的对中国文化刻骨铭心的爱，和维护文化传统、民族尊严的行动的激情，也许恰恰是大多书话作品所缺少的。

七、《柳如是别传》(陈寅恪著，上海古籍出版社 1980年8月版)

我第一次接触到的真正意义上的学术著作。写一部关于柳如是的小说的野心，让我翻开这部名著；当我终于读完它时，已经完全失去了写小说的兴趣。在历史的沉重、在学术的严谨面前，什么样的小说才能与其比肩？

八、《万历十五年》([美]黄仁宇著，中华书局 1982年5月版)

中学时读《史记选》，诱发了我对史学著作的兴趣。但《万历十五年》的意义，不仅于科学地剖析了一段历史，不仅于呈现了一种研究历史的新方法，也不仅于打破了某种历史观的长久禁锢；最重要的，是它并不以自己为终极经典，而提供了推翻其本身的可能性。这兆示着真正的历史学的回归。

九、《笑傲江湖》(金庸著，香港明河社 1980年10月版)

与《水浒传》截然不同的武侠小说，但同样常读常新。

金庸先生的成功之处,就在他敢于,也善于把中国文化中一向被人奉为神圣的东西,拿来戏剧化。每当我感到思维有僵化的危险,就会重读这部书,以打破中国人头脑中往往难以摒除的权威崇拜。

十、《贯华堂第六才子书西厢记》([元]王实甫著,金圣叹批,江苏古籍出版社《金圣叹全集》(三),1985年9月版)

对于磨炼文学思维,这或许是最有效的体操。

十一、《山歌》和《挂枝儿》([明]冯梦龙辑,上海古籍出版社《明清民歌时调集》,1987年9月版)

明代的《诗经》和《乐府》,也是"三言二拍"的文化基础。它给我的启示不是回到明代,而是回到民间。

止水轩履历

书房像一个人，是慢慢长大的。

书房是和它的主人一块长大的。

当你产生了拥有图书的念头，就埋下了书房的种子；当你有了出于主观意愿购置的第一本书，书房就开始萌芽。所以，学生的课本与书房还有距离，组织和单位派发的各种宣传材料，则与书房全不相干。

我们这一代人，从小生活艰难。父母的收入尚不敷家人糊口，虽然读书几乎是唯一的课外生活内容，也只能从学校图书馆里借阅，买书自是不敢有的奢望。更不幸的是，正当求学之年，中国沦入人类文明史上最黑暗的时代，长期的无书可读，导致了极其严重的精神饥渴。1976年，我由插队的农村返城，进厂做工，领到第一个月的工资二十二元，星期天就跑去新华书店，可上上下下转了半天，眼空无物,最后是花五元钱买了一部四卷本的《马克思恩格斯选集》。家父对我的求知欲大加赞赏,用旧画报仔细包好书皮,加贴一条白纸,工工整整写上书名。这部书我是认真读过,所以后来再听教师爷们以所谓的马克思主义忽悠人,总觉可笑。

一年之后,书禁渐开,最受欢迎的是外国文学名著,尤其西欧作品,于我是见所未见,每个月领了工资,都会揣十元钱,去新华书店抱回一摞来;后来写小说,又有些稿酬收入,就更是买得理直气壮。书是有了,可书房还只在小说中见识过,逼仄的卧室里能挤进一个藤编书架,已是喜出望外。幸而在1984年春天调入省作协工作,办公室够宽敞,领导又鼓励读书,所以竟被我堆进了一千多本书。

直到1988年,从单位分得一套袖珍三居室,才破天荒地有了一间七平方米的书房,于是自己设计式样,打了五个书橱。散存各处的藏书汇聚一堂,书橱还算宽松,房里尚能坐两三个人聊天。我称自己的书房为止水轩,意在以书为止水,鉴照心灵,所以一直不曾做一块匾挂起来。

就在这前后,我读书的兴趣发生了较大的转变,一在南京地方文献,二在明末清初和清末民初史料,也是因为南京在这两个时期都曾处于重要地位。其时书价尚低,旧书也不难得,所以每年的购书数量都在千册以上。到了二十世纪末,不但书橱塞满,书房空间除一条狭窄走道外,都堆到一人多高,卧室里也堆得寸步难行。先锋书店店主钱晓华来玩,极力劝我处理掉一批用不着的书,结果将最初买下的中外文学名著,淘汰了一千五百多册。先锋书店又联络了徐雁、张志强等书友加盟,搞了一个"藏书家旧书展销",引得全城轰动,很热闹了几天。

然而卖出的书,时时重逢于梦中,醒来犹心疼不已,且家中也未见宽敞。再卖书是断不可行,要想改善居住条件,只有买房一途。于是在 2000 年秋,下决心买下一套一百三十五平方米的新居。这一回,我有了十四平方米的书房,又在客厅里打了五排顶天立地的双面书架。次年春节搬家,除了五个书橱,别的家具都扔了,主要就是书,打包打得手心手背满是裂口,还亏得钱晓华带着店员来帮忙打了两回,共打了两百多个箱包。搬家公司来看时,私下高兴地议论,说这家没有什么东西,可是一卡车只装了一半,尽管加了运费,第二天他们还是坚决不肯来了;几经交涉,他们代请了另一个搬家公司,换了大卡车,才算搬完。

那是一个太愉快的春天。每天拆开几包书,分门别类地摆上书架,比起帝王检阅军队,财主点数珍宝,精神的愉悦有过之而无不及。有时半夜醒来,想到哪本书的插架位置不妥,也会下床去调整。清理下来,一万多册书中,中外文学书籍尚有两千余册,南京地方文献四千余册,明清史料三千余册。1990年代在王稼句、徐雁先生鼓励下,对书话产生兴趣,由读而写,且不能不涉及书目、版本研究,这类被人称为"读书之书"的,渐成规模,有了近千种。此外还有几个小专题,如爱屋及乌,有意识地搜求前辈文人流散出来的签名本,号为"旧家燕子";因读《吴歌甲集》而迷上民歌,留心收集各种民歌资料;受"读万卷书,行万里路"古训影响,搜罗古今旅行图书以作"卧游";从关注中国古籍插图本,延伸到外文原版书籍的插图本;再就是1980年代初迷上中国古代钱币,实物的收藏鉴赏之外,亦重视相关文献的研读,钱币学重要著作大体齐备,并延伸到货币史、金融史、经济史;凡此种种,各有数百册。

通过这次全面整理,我清楚地意识到,自己只是个读书人,算不得藏书家。我的书都是为阅读而买的。只因为在人生的不同阶段,阅读兴趣会发生变化,而我又好奇心重,才导致现在的藏书格局和规模。从那以后,我不再参加藏书界的活动,而将精力放在读书和写作上,希望每个专题的藏书,都能形成一个切入点,让我可以对中国传统文化,做一回见微知著的探索。

二十世纪中,中华文明,从精神到物质,都遭到了近乎毁灭性的败坏,而我正是后半个世纪的目击者;今天说弘扬中华民族传统文化,就不能只是一个空泛的口号,而必须付诸长期、细致、脚踏实地的艰巨工作。我们这一代人,既因十年浩劫丧失了最好的求学年华,注定已难登学术堂奥,但是做一些拾遗补缺的工作,尚属力所能及。我的设想是,每次选择的题目宜小,探讨则力求透彻,至少也要达到承前启后的水准,才不枉此行。就像打井一样,只要挖掘够深,总可以渗出点水来,或可供人解一时之渴;即便打不出水,成为一个空洞,也可以让被压抑太久的传统文化板块透透气。倘若打开的井眼够多,竟至于串连成线,星罗成局,也未可知。

近十年来,我的阅读和写作,也就成为环绕着这小小奢望的一种实践。如列入第一套"中国版本文化丛书"中的《插图本》,借民国年间旅行图书为时空隧道的《纸上的行旅》,深入品评中国古代钱币文化的《钱神意蕴》;比较满意的是《版本杂谈》,以实证的方式,第一次对中国近现代版本做了系统阐述,就算是狗尾,毕竟给中国图书版本学续了一个尾巴。这也让我对自己的目标更为明确,又选择中国民间歌谣这个题目，上承二十世纪初北京大学前辈们开拓的事业，在《风从民间来》中，第一次对中国民歌史做了完整的梳理工作。刚刚交稿的《拈花》，则是借插花为媒介，对中国传统士人文化进行反思。同时，围绕南京城市文化的历史和现状，也写出了随笔《家住六朝烟水间》、《金陵女儿》、《消逝的南京风景》和专著《南京城市史》等十种。这十年里，我能出版书话和文化随笔三十余种，与有效利用个人藏书是分不开的。

书到用时方恨少。每一次的专题写作中，都会感到原有藏书的不足。不能全面掌握材料，就谈不上客观、严谨地进行研究，所以不得不千方百计补充新书。如为了写好《风从民间来》，前后买下的民歌集和研究资料就达六百余种。结果是家中再一次书满为患，总数超过两万册，书房又堆成了书库，卧室客厅中，也少不了书箱书堆。所以妻子常常取笑说，我们家是为书买了一套房子。每当要进入一个新的专题，就得把堆积如山的书整个倒腾一遍，找出相关的材料，颇有点像李福眠先生所笑言的，在家里淘书。这样的活动，一年总要进行两三回，就算是锻炼身体吧。

当然，这种专题图书的写作，其难处还不止于资料的搜集，而更在于对资料的分析和思辨；不在于知其然，而在于知其所以然,追索各种现象背后,致其发生与变化的原因。如果只求罗列故典,那是高中生也能弄出个数十上百万字来的。所以这看似在做的是前人做过的事,但绝非简单地重复前人。其间时时会面对的,是因袭旧说的诱惑;时时需克服的, 是提出新见的艰难。因袭旧说自然省事,可旧说不免被新的材料所打破, 亦不免被新的社会意识所激扬,除非你有意对新材料新思维视而不见。而每一个看似简单的新见解、新观点,都须有翔实的材料为依据,都不得不重新审视前人的论述, 从文字到图画到所有相关的实物,都须细加斟酌。我常开玩笑说,这种事情,有学问的人不屑于做,没有学问的人又做不来。这固然要比写那种随意浏览式的书话费力得多,然而, 也唯有历艰涉险,才会获得更多写作的动力和快乐。

常在各种传媒上看到人家秀书房,或宽敞明亮,整洁美观;或佳本迭出,满目琳琅,煞是令人羡慕。相比之下,我的书房实在不值一提,因为一则杂乱无章,全无书房的清雅;二则难见珍本,只有些可读的图书。只因友人厚意,定要我谈一谈自己的书房,只得写下这样一篇文字,聊以塞责。

《开卷》五年记

　　乙酉新春,朋友们就在筹备《开卷》五周年的纪念活动了。因为当初创办《开卷》的同人中,我的年纪最大,年纪大的人比较善于怀旧吧, 所以委托我来写这一篇纪念的文字。

　　其实对于《开卷》,我倒始终没有产生过"旧"的感觉。西方哲人说,太阳每天都是新的。但昨天的太阳并不因此陈旧。《开卷》正日益显示出它的蓬勃生命力,回顾五年来的历程,看到的是从新芽破土,到新苗茁壮,新枝舒展,新花焕发,何旧之有! 我在这里强调一个"新"字,不仅是因为年方五岁的《开卷》,无法与那些五十年、一百年的老刊名刊相比,更因为《开卷》是以一种全新的机制运行的,在它的运作过程中, 时时体现出当代文化人的新精神新境界,《开卷》同人不仅创作出版了大量新作品,而且带出了一批新人,更不用说《开卷》与日俱增的新朋友了!

当然,在高品位文化刊物日渐衰微的今天,《开卷》能够坚持五年,也要算一个小小的奇迹了。就在我们的身边,一个又一个文化刊物,或停刊,或易帜。论其原因,经济压力恐怕还不能说第一位的。首先承受不住清贫的未必是刊物,而更可能是办刊物的人。就此而言,《开卷》的"长寿"也就不奇怪了。因为《开卷》的同人和基本作者,从来就没有把《开卷》视为牟取经济利益的工具。《开卷》生存的基础,是凤凰台饭店提供的有限经济支撑,但由于它没有正式刊号,不能上市销售,全部赠送读者,完全没有进项,所以《开卷》没有一个专职人员,一切事务,多靠同人们的义务劳作。同样,稿酬的标准也不能算高,但作者们从无怨言,且有不少作者主动表示不取稿酬或以稿酬易样刊。

2003年的民间读书报刊讨论会上,说到这些报刊生存凭借的是一种全新机制。就《开卷》而言,这种全新机制得以顺利运行,能够在这个有限的平台上,将一份民间读书刊物办得有声有色,首先是因为南京聚合着一群趣味相投的文化人。

筹办《开卷》,是从1999年尾就开始的。首倡者是凤凰台饭店总经理蔡玉洗,他是南京大学的文学博士,先后担任江苏文艺出版社总编和译林出版社社长、总编,是一个富于浪漫情怀的学者。所以他才会产生"文化凤凰台"的构想,才会在星级饭店中设置书吧,组织读书俱乐部,创办《开卷》作为读书俱乐部的内部刊物。我与蔡玉洗是二十多年的老朋友,其时正好刚从《东方文化周刊》脱身,办文化刊物的惯性仍在起作用,自然积极支持这一构想。徐雁是文化事业的热心人,尤致力于营造书香社会,理所当然地成为骨干人物。董宁文在蔡玉洗任译林出版社社长之际,就已担负着《译林书评》的编辑工作。张志强、钱军、徐雁平、赵允芳等文友,在几年前筹划出版"华夏书香丛书"时,就有过愉快的合作,此时又加入了王振羽、万宇等后起之秀。经过几次磋商后,2000年的1月16日,在凤凰台饭店的书吧,举行了首次正式的筹备会,进入创办刊物的实际运作阶段。这天到会的八个人,还为"文化凤凰台"的各活动场所取了名字。书吧被定名为开有益斋,沿用的是清代金陵藏书家朱绪曾的斋号。《开卷》的刊名,自然也是从"开卷有益"而来。"开卷"二字,决定用鲁迅的法书,由我从鲁迅手迹中挑选。书吧内的五个小房间分别被命名为知堂、鼎堂、三松堂、耕堂、选堂。从这些也可以看出,当时这班人是颇有些取法乎上的文化野心的。此后紧锣密鼓,从刊物的文化定位、内容安排、作者联络、稿件组织,到容量、开本、版式、装帧,无不经过精心的策划。4 月中旬,《开卷》创刊号顺利问世。

《开卷》最初的编委有十二位,此后陆续有所调整,有两位因故不能再参加这工作。到编第五期时,喜得原《书与人》的老主编江树廉加盟,这个编委会就基本稳定下来。值得一提的是,著名装帧艺术家速泰熙十分喜爱《开卷》,并从第二卷开始为它做装帧设计,使得这本白皮小刊能以更清雅宜人的形象面世。《开卷》早期实行的是编委轮值制,即除了主编蔡玉洗和执行主编董宁文,每期由两三位编委参与组稿编辑工作。此后逐渐过渡到由董宁文承担主要的编辑工作,各位编委协助。早期的"开有益斋闲话",也是集体创作的产物,徐雁一再呼吁每位编委每期至少要提交两则闲话,他自己身体力行,每次审定稿件时都有稿交来。临时想到什么,他就撕开旧信封,甚或裁下报纸边写一条。这些纸条也许不会保存下来,但他俯身小茶桌埋头书写的影像,我永远不会忘记。待到《开卷》的影响渐大,有人开始研究这份刊物,于是发现这份出版集团麾下饭店主办的刊物,编委居然都是出版集团的"外人",

结果编委的名单不能再印到扉页上。各位编委不过一笑置之，尽管无利亦无名，此后仍然坚持关心和支撑着这份刊物。

《开卷》同人的精神境界由此可见一斑。在《开卷》同人中，淡泊名利是很自然的事，争名逐利的事从未发生过。尤为可贵的是，为了办好刊物，促进发展，大家都能够毫不计较地贡献自己的各种资源，充分做到资源共享。创刊之初，因为外界对《开卷》尚不了解，联系作者与组织稿件难度相当大，全靠编委们通过以前的老关系做工作。大家凑出的作者与读者名单，很快集成了厚厚的一沓，没有谁将自己掌握的文化名人通讯录视为私产秘而不宣。许多读者收到《开卷》创刊号时颇感意外，及至从编委名单或开有益斋闲话中看到自己的旧友，才恍然大悟。这批最初的读者中，很多都成了《开卷》的骨干作者和积极支持者。许多热心读者将《开卷》推荐给自己的朋友，如滚雪球一般，使《开卷》的读者群迅速壮大。这种情形，大约只在 1980 年代初发生过，到世纪末简直就有点像神话了。《开卷》第一卷中，因为外稿尚少，用编委的稿件相对多些，从第二卷起，编委会就明确规定，尽量多用外稿，少用编委的稿件，以利于扩大作者队伍和社会影响。这一决策使《开卷》没有像某些同人刊物那样,局限于一个小圈子内。民间文化群落能有这样的开放心态,在当今中国,也是不多见的。同样,从选编出版《南京情调》开始,编委们都无不做出无私奉献,有的提供多年珍藏的资料和图片,有的不辞辛劳钻故纸堆搜寻资料、考订故实,有的精心编订文稿,选配插图。每个人都为了事业的发展出谋划策,而无论谁有了什么好主意,都会得到大家的欣赏鼓励,补充完善,不少事情就是这样做起来的。除了编刊出书,依托《开卷》,"文化凤凰台"每年都有几次较大规模的文化活动,品书会、报告会、座谈会,络绎不绝,参与者广及海内外文化人。2003 年举办的首届全国民间读书报刊讨论会,更有着一种里程碑的意义。

近两三年,《开卷》的编辑工作,主要由董宁文担负着。他已经是一个成熟的文化刊物主编人才,《开卷》在保证正常出刊之外,还时常推出专辑与特刊。其他编委的精力,除了组织文化活动,更多地转向了图书的编辑出版工作。五年以来,《开卷》同人选编、出版了近百种图书。有凤凰台丛书四种:《南京情调》、《一个家庭,两个世界》、《笑我贩书》、《柯明画选》;江苏教育出版社"读书台文丛"十种,东南大学出版社 "六朝松随笔文库"十二种、"书人文丛"六种、"六朝松艺文笔丛"八种、"松叶文丛"八种,江苏古籍出版社"中国版本文化丛书"十四种,河北教育出版社"书林清话丛书"第一、二辑,及"开卷文丛"第一辑十种(凤凰出版社),第二辑十种(岳麓书社)等。这些书的作者,只有少部分是《开卷》同人,大多是来自海内外的作家,其中一些人与编委们只有书信文稿的往来,有的因出书得以相识,有的至今没有一面之缘。有些书的编辑工作十分繁难,如《笑我贩书》的书稿交来,最初由我做了免生后患的梳理取舍工作,在阅读中发现错字、漏字、别字相当多,尤其是人名、地名、书名,非下大功夫无法校订。而董宁文和钱军二人,居然苦干一个夏天,逐一考订,使此书得以顺利问世,在全国读书界产生很大影响。在图书出版工作中,操持最多的要数徐雁。而通过编辑出版工作中的愉快合作,东南大学出版社老编辑芦薪,书籍装帧艺术家朱赢椿和他的书衣坊,也融入了这个群体。现在,经常参与《开卷》和"文化凤凰台"活动的有四五十人。读书俱乐部的会员已有数千人。

　　《开卷》的成长,同样离不开广大作者、读者的关心和扶持。五年来,赞扬《开卷》的书信难以数计,许多朋友为办好《开卷》提出了宝贵的建议,也有朋友直率地批评《开卷》的不足之处，贡献改进的设想。特别是一些年高德劭的文化老人，以他们的人品和文章，为我们作出了楷模。随着事业的发展，二十一世纪图书全国连琐机构和大众文艺出版社也相继成为《开卷》的冠名单位。这些都激励着我们继续努力。当然，其间也不可避免地会有一些不谐和音。平心而论，《开卷》这样一份民间的文化刊物，居然无灾无病地绵延至今，不能不说是社会的进步，是改革开放的结果。

最值得一提的，是《开卷》同人已经成长为全国读书界瞩目的群体，个人的写作也硕果累累，尤其是好几位年轻人，就是在这个氛围中写作出版了自己的处女作。如今，《开卷》同人已经携手走过了五年的历程，如果从编辑出版"华夏书香丛书"算起，这一群文化人的聚合，已经有十年了。这些人之间其实没有任何约束，可以说，完全是凭借着人格魅力的感召，凝聚起这个同人群体。《开卷》同人各有自己的学问领域和研究方向，在某些学术问题上的意见也未必相近，但都能自觉地以中华民族优秀文化的传承为己任。同人交往中坦诚相待，畅所欲言，通过讨论，最后总能择善而从。正是这种和而不同，使《开卷》的同人群体始终保持活力。

创刊五年,六十本《开卷》和近百种丛书,都已奉献在世人眼前,自有公论。所以我在这里,只写下了幕后的一些故事,和自己的几点感触,以为纪念。

"果然有益"

　　小小的一本民间读书刊物《开卷》，不知不觉竟出满了一百期。从年初开始，书友们就盼望着这个日子的来临，并纷纷建议搞点什么样的纪念活动。最后议决的是，编辑出版两本纪念集，一本《开卷》百期作品精选，定名《凤凰台上》；一本书友众口说《开卷》，书名就叫《我的开卷》。承译林出版社大力支持，这两本书现在都已面世。舒朗的大十六开本，好像是过"百岁"的孩子特意要显得庄重一些，而装帧风格一如往日，质朴、清爽、秀雅。这八年多来，刊物"改版"成风，好像没有几家不曾换过新装。《开卷》却依然故我，也是充满自信的体现。

　　《凤凰台上》是个留有余味的书名，后面似乎隐去了一个省略号。我最喜欢的是李白的诗句，"凤凰台上凤凰游"。南京的凤凰台，因为曾有凤凰栖息而得名，却吸引了无数人中龙凤前往游览，遂成为闻名遐迩的一处人文景观。《开卷》栖身南京凤凰台饭店，也使这家饭店成为举国知名的"文化凤凰台"，凤凰台五楼的开有益斋，成为海内外读书人心目中的"琅嬛福地"（黄裳先生题词）。这也充分说明，凤凰台饭店的当家人，是有大智慧的人物。

《我的开卷》这个书名是我提议的。因为《开卷》的编者、作者以至读者，无论是名重一时的文化前辈，还是初涉文坛的后生小子，都早已把它当作自己的刊物，当成一个精神上的"娘家"。虽然书中收入的只有一百来篇文章，但表达出的那份衷情、那份眷念、那份祝福，则是书友们所共同的。不少文章的标题中，都强调了一个"缘"字。俗话说"百年修得同船渡"，在这个喧嚣浮躁的世纪初，能同登上《开卷》这一叶文化小舟，不能不说是一种难得的缘分。这当然也因为，《开卷》是一份充分开放的刊物。从创办之初，它就力求避免小圈子，一言堂，扯旗称霸。它希望打开的不止是书卷，还有人们的视野、心胸和情怀。《开卷》同人始终恪守和而不同的精神，尊重不同看法，包容不同意见，这才会有今天的和谐局面。

这本书还有一个引人注目之处，就是插配了大量文人书友的书法题词，有些是写在开有益斋的留言簿上的，更多的则是《开卷》执行主编董宁文先生专门收集的，从中可以清晰地看出《开卷》八年来的成长历程和办刊特色，也感受到朋友们对《开卷》的期盼和厚爱。如朱正先生引鲁迅先生诗句为赠："扫除腻粉呈风骨"；谷林先生所题："豁然开朗，簇生卷耳。"特将"开卷"二字嵌入。邵燕祥先生题的是"读书人在民间"，周实先生写的是："刊物小，声音也小，但这压低了的声音，却能久久萦绕心灵。"彭燕郊先生写道："书即人，人即书，书、人即历史，即时代。一个杂志，能够让人总想读，总盼望读，很难得，很不容易，很可贵。"扬之水女士感慨："读《开卷》，总有重逢旧交的欣喜，也常有结识今雨的快乐，人和书，尽在其中了。"杨苡女士更赞叹："我欣赏《开卷》，它像是能放在衣服口袋里的一个小小的文艺沙龙。"

　　书友们写得最多的，是"开卷有益"，流沙河先生推陈出新，题了"果然有益"四个字，尤有韵味，所以我借来作为这篇短文的标题。

进书房与出书房

　　自从藏书成为一种时尚,"精神家园"一词,不知什么时候也变成书房之喻了。窃以为书房和书籍,是有区别的;至于读书,就更是另一回事了。书籍是思想的载体,书房只是聚书的处所;而书籍中生发出精神,离不开人的阅读过程。一掷万金买图书,不难装点出一间华丽的书房,但未必就能提升买主的精神境。"物质变精神,精神变物质",只是一种通俗性的概括,如果真以这十个字去理解辩证法,那就必然沦为庸俗哲学。

　　所以,要想让家中的藏书真正成为一种"精神家园",阅读与思考是第一步。古人说"坐拥书城",这个"拥"字,不能简单地理解为物质上的拥有。拥书万卷而不能读,只能算是书贩,我曾戏称为"买书家";读书万卷而不能思,只能算是书奴,古人雅号其为"两脚书橱"。"学而不思则罔,思而不学则殆"，这是求学问的真理。近年来中国各地评选藏书家，都以数量为唯一标准，不论其读与不读，更遑论思考与运用，实在是一种误导。这种人收藏图书，与收藏金钱或财物，并无区别，有什么值得提倡之处呢？即使房间能因储存图书而显得高雅，人也不会因收藏图书多而高尚。"韩信用兵，多多益善"，能"用"才多多益善。不读不用而据书自雄，除了影响他人阅读使用之外，还有什么实际效果呢？

"进书房"，固然也可以因藏书丰富而陶醉，但更重要的是踏踏实实地读几本书，从前人的精神世界中汲取营养，涵育自己的独立思想与自由精神。

"出书房"，则是更高一层的要求了。通过阅读思考，产生新的思想果实，是一种"出"；以新的思想武器指导具体实践，获取物质成就，也是一种"出"。由思想或物质的成果，升华提炼，进而著书立说，形成新的精神产品，更是一种"出"。

有进有出，能进能出，善进善出，有此主人，书房才可称为"精神家园"。

这也是我所崇仰、所追求的"精神家园"。

书缘七累

聚书二十余年,存书两万余册,也可以算是与书有缘了。书虫说书缘,常道其乐,实则书缘之累,更甚于乐。聊举为书所累者数端,供同好一噱。

一是眼累。所到之处,无论青山碧水、灯红酒绿、广厦华堂、村野庐舍,总希望能从花团锦簇中看出书来。偶或见得墨迹、嗅得纸香,必双目灼灼,凝视逼视,致被他人看成异类。倘遇书城、书铺、书柜、书摊,更是看得两眼一抹黑。

二是身累。外出归来,难得轻装简从,总是肩背手提,为同行者侧目。尤其去外地,京、沪、苏、扬,更是大包小捆,不一而足。记得年轻时,曾一次从扬州背八十多斤旧书回家,不得不为书买一张长途车票。实在背不动,只好通过邮局往家里寄,有时走一路,寄一路,人没到家,书已到家。

三是负累。将藏书作为目标,买书就背离了阅读使用的原旨,看到有价值的书都觉得该存一部,完全不考虑用不用得上,读不读得完。买书的胃口与日俱增,再加上书价连年高涨,遂成为沉重的经济负担。为了买书,不得不努力写稿挣钱。为了买书,不得不把其他方面的消费压缩到最低限度。经济状况还总陷在恶性循环中。

四是室累。家中藏书越来越多,占用空间越来越大。为堆书,小房子换了大房子,大房子中竖起了大书架。可是源源进入的书,没几年就超出了书架,堆满了书房,向客厅和卧室渗透,来个非书虫的客人难免瞠目以对。有时自己也觉得不方便,但总想把其他什么物件清除掉,为书们腾出容身之地。机关算尽,就是舍不得少买点书。

五是口累。书虫相见,最爱说淘书中的巧遇,比藏书中的翘楚,论读书中的心得,往往得意忘形,大呼小叫,旁若无人,文质彬彬的外衣早脱在一边。书虫与卖书人交往,花言巧语地淘对方的好书,软磨硬缠地压对方的价钱,谦谦君子的皮相不惜弃之一旁。即使与非书虫相对,也忍不住显摆淘书之趣、藏书之乐,循循善诱,苦口婆心,恨不能立时三刻将对方发展为同好。只因一个书字,惹出无尽口舌。

六是心累,听得书消息,倘不能及时往顾,便惶惶不可终日,唯恐为他人捷足先登。买到好书沾沾自喜,倘廉价而得更是心中惴惴，半夜点灯翻看，数日不能安眠。错过好书，无限遗憾，"天长地久有尽时，此恨绵绵无绝期"。他人得了好书，边赞许边腹诽，难免鲜花误插、天鹅肉臭之慨，非在心中论定葡萄味酸意不能平。

七是生累。人生苦短，藏书苦多，读之不及，常有负债之感，自觉对不起好书，甚至对不起那些想读而无缘读到此书的人。说"债多不愁"是假的，心理的压抑终究难以摆脱，以致其他人生乐趣多被其排挤。一旦与书有缘，便须终身与书纠缠，直至耗尽生命。

总而言之，言而总之，藏书实在是一桩自讨苦吃的事情。沾上书缘，便失去了普通人轻松自如的生活，陷入了永无止境的重累之中。

然而偏有那么多的人，心甘情愿地硬往这陷阱里钻。对此，我只能剥一句西洋哲人的话，以为劝诫——在藏书的入口处，竖着这样的标牌："这里应该摒除一切犹豫。这里任何怯懦都无济于事。"

书友与书缘

2010年8月去天津，参加中国私家藏书论坛和来新夏先生米寿庆祝会，罗文华先生在会上给大家布置了一个任务，要求为《天津日报》写一篇"藏书之乐"的征文，期限是9月底。当时就想，最好能写与天津有关的事情。只是我与天津书缘甚薄，似乎总是来去匆匆，没有淘书的机会。其实也不能说完全没有，天津书市那回，全国各地书友齐聚天津，文华先生曾陪大家去天津古籍书店，得杨经理热情接待，然而记不清什么原因，没能看到古旧书。我只买下了书店影印的《艺林旬刊》和《艺林月刊》。在当今的影印旧籍中，这两种要算印得不错的，印数只有五百部，不知怎么却落在特价书里。该书以博物为主旨，书画而外，多涉古钱铜镜、瓦当砖铭，尤为我所喜。另一回是与王稼句先生同行，在百花文艺出版社几位老总的书架上，肆意劫掠了一番。自然都是该社出版的书，但像印数仅一千五百册的《戴望舒评传》，想来也不容易见到了；还有一本赵浩生先生的《八十年来家国》，是出版社的样书，还没有装订，有趣的是赵先生在衬页上试写了四次，才正式在扉页上签了名。

离会返程，是中午十一点的火车，恰又逢星期天。那个上午，我们有两个选择：一是去书市淘书；一是去杨柳青看年画。文华先生建议去淘书，但我们觉得，淘书的机会哪儿都有，杨柳青可是只此一家。想象中的杨柳青，是一个清式建筑的小镇，沿街散列着传统的年画作坊，空气中洋溢着纸墨的清香。直到汽车开进完全现代化的镇市中，我才明白，我们已经没有杨柳青，也没有木版年画了。在那个仿古建筑的大卖场里，年画都是印出一个线描图，然后填涂五颜六色。有一间"老字号"，店主声称还有老画版，拿出来却是一块巴掌大的财神像。木版刷印的年画据说还有，但我们无缘得见。于是后悔没听文华先生的话，白白错过了一个淘书的机会，这书乐书趣的文章也就拖了下来。

总想着来日方长，不料转眼就到了9月底。二十七号要去扬州开一个会，半夜里忽然想到了扬州的一位老友高汉铭先生。高先生不藏书,藏古钱,钱学上的造诣在国内屈指可数,所著《简明古钱辞典》深受藏界赞誉。我成年后第一次到天津,就是陪高先生去拜访邱思达先生。听邱先生细说北宋钱的版别,使我见猎心喜,后来也留心于此,还写过一本介绍中国钱币文化的书。高先生不仅是我进入钱币学的导师,他是扬州文化局的老人,同广陵古籍刻印社和扬州古籍书店都很熟,1980年代,我每到扬州,都要拉他陪我去看书,一是能进书库选书,二是书价能稍优惠。我黑天黑地翻书时,他便耐心地等在一边,同店里的人说说闲话。他的身体不好,十几岁就患上了进行性肌营养不良,但他顽强地活到了七十岁,成为医学界的一个奇迹。去年高先生与世长辞,可我一想到扬州,首先就会想到高先生。

一个城市的书缘,往往是与那个城市的书友分不开的。

我买旧书最多的地方,除了南京,就数扬州和苏州。二十年前,每到苏州,常常是约了王稼句先生在古籍书店见面,待到各人都捆起了一大包书,才说到正事。这几年去苏州,则多是在稼句先生的书房里坐着,也会说到,什么时间去古籍书店看看,稼句就叹息,说去看看也可以的,就是没有什么书了。结果到底就没有去。

如此想来,与一个城市的书缘,还不如说是与那里的书友之缘。有时候,并没有淘到什么书,甚至连书店都没有去,但得与书友相聚,说说与书有关的事,说说与书有关的人,同样是一种难得的乐趣。

2011 我读：随缘与专题

报社的一位记者给我出了个难题，要我谈谈今年的读书。我读书向无章法，有如吃饭，一天三顿没断过，可到年底要来做一总结，不晓得有没有人能交代得清楚。只好含糊其词，勉强分为两类，以便叙述。

先说随缘，随的是书缘，如收到前辈和友人的赠书，跑旧书店淘到有兴趣的书，总要花个半天一天，浏览一过，且时有由泛读转为精读的。

阳春三月，蒙钟叔河先生赠《念楼序跋》，在踪迹先生近三十年间编书、著书和读书历程的同时，恍惚也看到了自己读书求学的足迹，感触尤深。如果说，郑振铎、黄裳诸先生的书，更多地引导我们走向历史和传统，而钟先生的书，则教会了我们以世界眼光回观中国。他那种不"随着大流去吃大户"的态度，也是当今读书人所应坚守的。

作为"点滴文丛"之一的《梅川书舍札记》,是一种典型的"小众读物",只印三百册,倒设计出精装、毛边、平装三种形式,装帧亦颇具民国风,清秀可人。知我爱毛边胜于精装,陈子善先生寄赠的是编号一一二的毛边本。本书所收文体不一,但都与书有关,再近切些,与中国现代文学史料的发掘有关;而弓身掘藏的忙碌身影之外,更见出作者静坐思考的形象,文字也愈生流丽。

似乎是对于大厚本畅销书的逆反,"小众读物"渐有复萌之态。去年曾得姜德明先生赠香港文汇版《与巴金闲谈》,属"巴金研究丛书(甲编)",限量印刷一千册,比上海文汇版的同名书,增补了十篇文章,尤难得的是影印出巴老致姜先生书信手迹和部分书影,更多亲近之感。这两种都由上海学人策划。京派的也见一种,是前年胡同寄赠的《布衣》第一辑,纪念王世襄先生专号,印数五百。南京则有吴小铁先生,得卢前影印端木埰选抄《宋词赏心录》及前辈词家题跋,复征集今人题记二十一家,以宣纸线装形式,影印成《景印宋词十九首》两百册,分惠书友,旨在推动"金陵文献丛刻"的实行。

我在现实考察中,感觉到文化家族在当代的一损俱损,曾在长篇小说《城》中设问,"金陵那么多文化世家的衰落消亡，能说都是坏了风水的缘故？这许多人家的风水，怎么会忽然间都坏掉了呢？"日前读到徐雁平先生新作《清代文学世家姻亲谱系》，顿生殊途同归之感。他基于长期艰巨的文献研究，对此作出了严谨的理性分析。文化家族的生存，需要一定的人文环境氛围。近年城市建设中，成片历史街区被毁弃，只留下孤立的文物建筑，受到各界人士的奋力抨击；而无形的人文生态的毁坏，是更长久也更彻底的了。砍尽树林，幸存的几株大树也就成了标本，失去了繁衍生命的能力。屡有人问，新中国六十年，为什么没有出现文化大师，其答案或就在这里。

金陵诸书友中，徐雁平是治学最为扎实的一位，雏凤清音，常令人有后生可畏之感。他的老同学张晖，现求学香港，在台湾出版的《诗史》，承徐雁平复印一份，令我大开眼界。说到诗史，市井百姓都晓得"冲冠一怒为红颜"，然而张晖从这个文学概念出发，纵横捭阖，探幽入微，详细明的探讨，超过前人。他自述在导师的指引下，"走出了史料与掌故的丛林，进入理论思考的全新天地"，而内地众多书虫的共性，好像正是"沉迷于史料与掌故的丛林"之中。由此联想到台湾联经版高行健的《论创作》，高氏之"论"，似尚胜于其创作；而内地主流文学评论家，恐鲜有能望其项背者。

严晓星先生的《条畅小集》，同样让人耳目一新。我不能操琴，所幸身边有几个爱好古琴的朋友，读他的"说琴之什"，常有会心之感。而他由琴漫开，引经据典，且广论世事，就非一般琴友所能及。至于"读书之什"中的考据与探佚，就更显出学问的功力了。

韦力先生与他们路数不同，在中华学术传承方面用力精深。今年得到他与来新夏、李国庆先生共同编著的《书目答问汇补》，其自谦为"工具书而已"，然而在这种为学人指引读书门径的工具书研究上，能够多所增益，不愧来先生评价："当代言古籍版本，韦力君当首屈一指。"

中华文脉，经历了两三代人的"蜂腰"之后，在现今四十岁上下的这一代人身上，终于可以看到复兴的希望。这当然是由于他们的悉心向学，但他们成长的时代，社会环境、学术氛围的清明，都是半个多世纪以来所空前的，也是一个不可或缺的条件。

再说专题，即根据写作的需要，集中阅读与之相关的书。今年完成的一本新作《拈花》，从人对花的初始认识出发，将折花、簪花而插花，乃至升华为艺事的传统插花史，梳理剖析，以此为切入点，对于传统文化，做一回见微知著的探索。为此涉猎的古籍文献,不下百种,《太平御览》、《说郛三种》、《渊鉴类函》、《笔记小说大观》、《美术丛书》,多经搜检,以至农书、佛典、东瀛图籍;被传统文人奉为经典的《瓶史》,逐字逐句作过揣摩,揭示了其与张谦德《瓶花谱》、高濂《瓶花三说》的承续关系。传统插花固因《瓶史》而得升华为艺术,盛传于海外,却也因过于文人化的局限,在当代难以为继,这当是袁宏道始料未及的。

这样的专题阅读,尤相宜于我这样的老人。明人谢肇淛在《五杂俎》中说:"少时读书,能记忆而苦于无用。中年读书,知有用而患于遗忘。故惟有著书一事,不惟经自己手笔,可以不忘,亦且因之搜阅简编,遍及幽僻,向所忽略,今尽留心,败笥蠹简,皆为我用,始知藏书之有益,而悔向来用功之蹉跎也。"近年来陆续所做,如"中国版本文化丛书"中的《插图本》,品评中国古代钱币文化的《钱神意蕴》,介绍传统笺纸、书信流变的《片纸闲墨》,首次完整梳理中国民歌史的《风从民间来》等;比较满意的是《版本杂谈》,以实证的方式,第一次对中国近现代图书版本做了系统阐述,就算是狗尾,毕竟给中国图书版本学续了一个尾巴。

眼下正在准备的新课题,是试图以同期文献,重现中华人民共和国的真实历程。后世编史修志,难免文饰溢美,而当时文献,鼓吹动机,宣传效果,相对可靠得多。为此陆续搜集相关资料,已有数千种,随时翻阅,感慨万端。今后几年,我的主要工作大约就是研读这批故纸了。

叶茂花繁"书之书"

"书之书"是一个模糊的概念,就广义而言,大凡与读书、藏书沾着边的书,都能归纳其中,自《汉书·艺文志》到《书目答问》《书林清话》《藏书纪事诗》,可谓源远流长;而狭义的书之书,则专指那种对书充满深情厚谊的文字。

古人读书,如鱼饮水,偶有所得,本不必屑屑向他人言,形诸文字,不过为留下一节"不亦快哉"的记忆;至于访书作记,藏书编目,主要也是为己所用。然同好交游,藏书周转,"奇文共欣赏,疑义相与析",此类文字也就流传开来,自成一体,为后世所仿效。

今人所说的书之书,访淘藏读、版本目录、书人书事、书情书色,缤纷错杂,叶茂花繁,近年来一枝独秀的书话,可谓其主干。不过,学究气太重的文论书评,市侩气十足的新书介绍,向不为人所喜,遂亦难入其列。由此观之,书之书，没有学问写不来，有学问也未必写得来；不可或缺的，当是一种气质，一种对于书的特殊感情。从某种意义上说，书对于书话家，不仅是用来读的，而且是用来爱的。当然，书之书的作者，并非生活在真空里，他们或多或少会受到社会和时代的限制，而在中国，这种限制的影响尤为明显。所以我们读西方的书之书，往往觉得其爱书之情更为纯粹。

书话成为一种社会性的文体，当是二十世纪的事情；而其异军突起以至繁荣昌盛，则不过二三十年。即这二三十年，尚可分为前后两段，前期的书话作家，仍循旧时传统，读自己爱读的书，写自己独到的心得；所读之书不必珍异，心得则必须别出心裁。换个角度说，书话之类，往往是其学问事业的余绪。有意出版书之书的出版社，也只于专家学者中寻求稿源。直到1990年代初，以书话名世还是难以想象的事情。

写作书之书，是一种刺刀见红的作业，无从藏拙，最易被人窥破作者的阅读视野和学识根基，更不论文采风流。过去的读书人不愿让外人进自己的书房，其顾忌即在于此。不过，"外行看热闹，内行看门道"，窥一斑而知全豹，据此判别广博与狭隘、深刻与浮泛、卓识与抄袭,此种慧眼,亦非行家里手不能有。同时,书之书的写作,也迫使作者精读苦研,疑点不容疏忽,断语不敢轻下,于其治学自不无裨益。

书之书既是作者多年的经验、深厚的学养和心血凝聚而成,阅读书之书,其愉悦自非他书可比。某些人甚至以此作为速成"学问家"的捷径,读此一本,可以了解几十上百种书,读上一二十本,足以给人无书不窥的印象,且开口莲花灿放,颇能唬人。然而,倘不满足于浅尝一脔,则阅读书之书,确实可以成为一种求学的门径。试想在今天的教育体制下,即入高等学府,也难得遇上名师;即入名师门下,也未必得其悉心传授。而手持一卷,即可与学者大师对面,不但可以知道他们读什么书,而且可以揣摩他们如何选书、如何读书、如何提出问题与解决问题,已属受益匪浅;如能更上层楼,将其所论及的图书一一访得,认真读过,心得见解两相印证,甚或发掘新材料,发现新问题,作出新解读,那岂非真的站在了巨人肩上!

所以,书之书能受到一代代爱书人的欢迎,成为当代一种阅读热点,以至藏书的重点专题,可算实至名归;在新世纪之初,更突破小众读物的局限,渐为大众所关注。

一批有实力的书之书作者，或称书话家，渐形成稳定的读者群，其著作虽不能算畅销，却已呈常销不衰之象。

近十几年间，随着古旧书拍卖的兴盛，图书的经济价值为社会普遍认同，民间藏书队伍迅速扩展，又推动了书价的持续增长，藏书在相当程度上转化为保值投资以至投机牟利的手段。书之书的出版不可避免地受此风潮影响，难免鱼龙混杂之弊。

大量拥入的新人缺乏起码的藏书知识，书之书遂成为其买书藏书最便捷的工具指南。这原本是书之书的内在功能之一，此时被强化而凸显，不过读者总算是从中汲取知识，也不能说不是好事。而耳濡目染，循序渐进，亦是造就读书人的规律。

某些出版社乘风而上，为争夺市场份额，推波助澜，则往往造成读者不必要的损失。究其办法，一是重复选编名家之作，改头换面，即成"新书"以应市；一是降格以求，使一些达不到出版要求的作品得以面世；一是搭配混充，将枯燥的讲义、浅薄的散文，也冠以书话之名，编入丛书之中。然而市场本属无情郎，你追得越急，它避得越远。一些丛书套书，或一套书中的某几种，频频现身于特价书店，即是实例。

　　一种功利化的写手也应运而生，其特征是从个性化阅读转为市场化阅读，不再是读自己所爱，而变成读别人所需；出版社提出什么选题，他便化身为那一方面的"专家"，为其拼凑书话。更有甚者，全靠从网上检索，从他人著作中剪裁，信口开河，敷衍成章，甚至未见过其书，就能写出"书话"来。此类粗制滥造的书稿，索价自低，遂与某些出版社低成本运作的策略一拍即合，印成讹误连篇、书影模糊的"藏书指南"，接二连三，越出越奇。这样的书竟能占有一定量的市场，一方面，其人虽于读书一窍不通，但于书价稔熟于心，每于所介绍之书下标示"权威定价"；另一方面，新手本对图书价值缺乏判断力，误以为得此一编，即可按图索骥。以致此类写手，竟有一度成为藏界偶像的。

　　本当引导他人读书向上的书，竟也堕为单纯的牟利工具，不能不说是当代中国的悲哀。然而，随着经验的增长，读者总有一天会抛弃这类误人子弟的文字垃圾。

　　当然，书之书今天还能得到广大读者的喜爱，是因为多数出版社在策划出版工作中，坚持了严肃的态度，对书稿质量、编辑质量和印刷质量,均有较严格的要求。聪明的出版人发现,出好书之书,最容易在读书人中间获取良好声誉,遂将其作为精心打造的品牌,如摒弃粗放的丛书、套书方式,悉心筹划开放式丛书,建立严格的选稿程序,不慕虚名,不讲情面,成熟一本出一本,宁缺毋滥,不涉炒作。不管纸本书籍将会遭遇怎样的冲击,只要阅读还在,书之书就必然与之相伴。

平心而论,当前中国的大众阅读(包括网上阅读),要算有史以来最繁荣的时期,而国内的书之书作者阵容,亦可谓空前强盛。八九十岁的一代,宝刀不老;五六十岁的一代,渐成中坚;三四十岁的一代,崭露头角,几代爱书人倾情浇灌,共同营造着这一片可贵的书香园地。特别是中年一代,尽管成长过程中屡遭波折,而人文精神不堕,爱书好学不倦,读书已成为他们生活、生命不可割舍的一部分,发此纯情,自成佳作。

不过,对于书之书的影响,也应有一个客观的估计。指望书之书成为全社会的阅读热点,是不大现实的。江河日下,百舸争流,以读书为精神慰藉的人毕竟是少数。"文革"结束之后,小说一度成为大众阅读热点,实际上是出于社会政治的需要;一旦思想解放达到一定的程度,小说的读者群便急剧下降,回归本位的小说门庭冷落。如今书之书的为人追捧,亦不无藏书市场化的影响。当书之书也回到它的本来位置上之后,其成长当会更为健康。

书的未来及其他

得知薛原先生打算编一部《书的未来》，觉得这主意很不坏，中国的读书人，别的方面不能说三道四，讨论一下书的未来，总可以算是本分了吧。然而转念再一想，便又有些沮丧，"书的未来"，何尝是读书人的话语所能左右的？

书的未来，简而言之，可分为内容的未来和形式的未来。新世纪以来，关涉书的内容的丑闻，可谓多矣，某书的被禁与某书的解禁，博导的剽窃与校长的抄袭，专家学者的翻炒冷饭为热点，码字匠和出版社的联手粗制滥造，电视秀与国学庸俗化的合谋绑架观众……几无时不见诸报端网上。少数有识之士堂·吉诃德式的抨击，焉能阻挡得住利益驱动的滚滚浊流？说某些出版机构在致力于"把白纸印成废纸"，绝不是调侃。2009 年尾，止庵先生写了一篇《话说"书之书"》，指出当下被普遍视为"阅读南针"的"书之书"，"写作门槛较低，难免鱼龙混杂，高下悬殊"，"中有所谓'书话'一体，最容易打马虎眼"，以致出现"不曾阅读，又要谈论"的怪象。推介书的书尚且如此，其余自更须慧眼辨察。此类学术腐败如不能遏制，书的内容的未来诚令人担忧。

即以书的形式而言，起决定作用的，也是科技的进步和资源的限制。以中国目前的图书生产数量，每年要耗费多少纸张，耗费多少造纸原料，耗费多少印刷动能，滥伐林木与环境污染对自然生态又产生怎样的影响，已是不言自明的事情。有限的资源终有一天将无法满足无限的出版牟利欲望。大道理不说了，电子版图书的检索便利，该可以节约读书人的多少时间；电子版图书的储存几乎不占空间，又该可以解除多少读书人的书房烦恼；科学技术的不断进步，势必还将为电子出版物带来更多的优越之处。七八年前，我预言电子版图书终将取代纸本图书成为出版物主流，曾被认为是危言耸听，而今多数人已不再怀疑这个大趋势，尽管心理上未必能够接受。

平心而论，书的载体形式的变化，实在是不足虑的事情。竹简与绢帛为纸张所替代，没有留下前者抗争的痕迹；雕版印刷书籍取代抄本，同样是一场平静的过渡。中国的活字印刷未能替代雕版印刷，则是因为其生产成本不具优势，实用既少，技术上也就难以成熟。十九世纪末，西方现代印刷技术进入中国，机制纸洋装书迅速占领图书市场，文化遗老痛心疾首，如丧考妣，主要是出于对"以夷变夏"的忧虑；结果呢，当遗老们和线装书退出历史舞台之后，国学传承并没有受到影响，二十世纪中国的文化大师，可说都属于伴随着洋装书长大的一代，中国也曾迎来"黄金十年"的文化高潮。二十世纪末，电子激光照排技术的出现，使印刷行业得以"告别铅与火，迎来光与电"，更是为全社会所欢呼。历史的经验证明，书的载体形式的每一次更替，都是以制作简便、成本较低的一方获胜。

未来几十年间，新出版物在采用纸本形式的同时，会越来越多地增加电子版；过去的出版物，凡读者面较广的，也都会被重新制作电子版。然而，尽管电子版图书成为出版主流，有助于减轻人类已不堪承受的资源匮乏重压，其间的过渡时期仍不会太短，至少要等到习惯于纸本阅读的一代人辞世，伴随着网络阅读、电子阅读成长的新一代成为阅读主体。

图书载体的这一次变换，造成的深远影响，绝不止于阅读习惯的改变，而必将波及社会生产生活的诸多方面。

首先是造纸行业的萎缩，森林滥伐与环境污染的状况会因此有所好转；现行印刷行业将随之成为夕阳产业；书的运输、邮寄也将成为历史，网上传输不过弹指之劳；传统的图书发行销售行业同样面临危机，必得向网络经营转型。随着网络功能的拓展，学生大可不必坐到教室中去，在家里就可以聆听老师的讲授，完成自己的学业；课本自然都是电子版，不会再有压得脊柱变形的大书包。

更重要的是，网上阅读与书写，使文化大普及真正得以实现，为文明社会的构建提供了极其重要的条件。

当然，发表的便利，也容易导致作品的粗放。竹简的沉重与绢帛的贵重，使得先秦时期的著作者都是深思熟虑的思想家；雕版线装书与典雅洗练的文言相伴生；只有铅印平装书才能承受白话文的汪洋恣肆。网络上的自由书写，往往被传统知识分子视为泥沙俱下，但数量更为巨大的网络写手，则为自己新获得的权益而陶醉，两者评价截然不同。社会文化的每一次大普及，都会给人以文化水准趋下的感觉，然而，让更多的社会成员能够享用文化成果，能够享有参与文化创造的权利，无疑是文化进步的体现。新参与者最初可能处于较低的水准，但人只能在游泳中学会游泳，不下水就没有提高的可能。当这一天终于来到的时候,某些精英人士反而表现得忧心忡忡,只能说明,他们往昔的精英姿态,不过是叶公好龙式的表演。

从大普及迈向大提高,一方面,精英知识分子能否抵挡得住潮流的吸引与利益的诱惑,坚守自己的人文立场,树立学术高端的标杆,使社会有所参照,显得格外重要;另一方面,适当的引导也是必要的。读者有自由选择的权利,应该相信他们在阅读与成长过程中,最终会找到自己真正需要的东西,就像吃麦当劳长大的一代,总有一天会厌弃洋快餐。但如果有人能早一点将营养价值更高的食品推入他选择的视野,他的成长可能更为健康。

在电子出版物时代,纸本图书的命运,由雕版线装书今天的遭际,可以大致推想出来。不过,当代纸本图书未必都能像宣纸线装书那样,成为下一世纪的收藏品。

因为当代图书的印量远超过当年的线装书,动辄数千上万,甚至数十上百万,它们的"物以稀为贵",肯定要等待更长的时间——遗憾的是,大量当代图书所采用的书写纸,寿命不过数十年,未必能保存到那一天。当然,胶版纸和铜版纸的寿命要长得多,从现存百年以上的胶版纸印书看,再存百年应该是没有问题的。值得注意的还有一点,并非所有的线装书,都有相对应的平装本,这些线装书便具有了独特的文献资料价值。同样,也不是所有的纸本书都会被制作成电子版,这其中真正具有阅读和研究价值的,也就有了非同寻常的收藏意义。

此外,装帧设计精致、富于特色的纸本书,也会逃过被淘汰的命运,作为一种审美对象而继续存在。聪明的出版家与装帧设计家,已经意识到这一点,在制作这种属于未来的图书了。

笔名的自供

　　笔名,据说是二十世纪的舶来品,但也有人说是古已有之。不过这种追根溯源,恐怕没有多少人会感兴趣。记得我未入文场之前,对于笔名,最关心的只有两点:一是某笔名的背后,究竟隐藏着哪一张真实的面孔;二是此公为什么取了个这样的笔名。偶有所得,便可作为沾沾自喜的谈资。后来自己也用起了笔名,并且被人追究其背后是否别有隐情,才意识到,我对笔名的两种关心,似乎都有窥探隐私之嫌。

　　平心而论,这种窥探也是人之常情。那些使用笔名的作者,也未必就不愿意被人探本究源地发现出本来面目。姜德明先生就说道,笔名的使用者"不想让人知道作者是谁,但,于心不甘,又用名字的谐音来代替,说到底还是曲折迂回地想让人知道自己"。当然,这是一个健康社会中的常理揣想。至于非常时期,要追查出某篇文章的真实作者以治罪,要根究出某个笔名背后的隐义以上纲,那就不在此例了。不过,就是正常年景,谈论笔名故事也不无风险。据说南京某位老诗人的笔名,被妄测出自于一段风流韵事,结果弄到拍案而起,险些对簿公堂,终于大家无趣。

现在好了,岳麓书社出版了一本《我的笔名》,收入了百余位当代作家、学者、艺术家关于笔名的自供状,何名属于何人,何人系何身份,何笔名源出何典,用于何处,终于何时,一一交代得清清楚楚;作者从九十高龄的老人,到二三十岁的青年,故而可谓二十世纪中国文化圈里的一部笔名新典。因为源出自述,读者尽可以放心引为谈资,绝无失口之虞。

不过,一篇篇地读下去,却有了一个新的发现,就是近半个多世纪中,笔名的使用,好像多半并非为了有趣,而实在是出于无奈。如杨苡先生所说,二十世纪五六十年代,"工作之余,想在自己的'自留地'上耕耘一番,过一下写作之瘾,那当然得有个笔名,以免周围叽叽喳喳,打小报告,被扣上一顶'不务正业'的帽子";如蓝英年先生所说,1958年投稿,担心"同事们知道了一定汇报,领导知道了一定批判",所以用了笔名;如钟叔河先生所说,到了八十年代,还有好心的同志给他打招呼："自己的名字还是不用为好。"诚如陈四益先生所说："为什么不露真名？各有难言之隐。"

笔名中更反映出强烈的时代气息，李君维先生在1952年曾以唐优为笔名，他解释道："唐优就是唐代的优伶。笔名好像是优伶的面具，优伶戴上各式各样的面具，在舞台上扮演各式各样的角色，表演悲欢离合、沉浮起伏的故事，却把自己隐藏在面具背后。优伶的一势一式、一声一腔自有其独特之处，细心的戏迷终究能识别面具背后的演员是谁。隐藏自己往往是一种自欺欺人。"作家而自比于优伶，明知是自欺欺人而不得不为，当时李先生的心境由此可以揣知。诚如姜德明先生所说："笔名事小，却逃不脱所处的历史环境，不论你自己是否意识到了，多多少少地也折射出个人的一点心思，打上了时代的烙印。"

如此说来，这本《我的笔名》，又可以当作二十世纪后半叶的文化小史来读了。

忙里偷闲的艺术

闲章的由来,想必古久,王稼句先生说肇端于战国,当有所据。以我揣测,世上有了忙人,又有了闲人,而忙人却以闲为贵之际,闲章的出现,也就算水到渠成了。寒舍虽不藏闲章,印谱尚有几部,闲人而用闲章的,我就没有见过。看来闲章反成了忙人的标志。不过忙人所用的闲章,究其心志,亦不可一概而论。有的是大忙人,一朝得闲,怡然自乐,发梦醒之慨;有的是真忙人,难得寸闲,心向往之,发欣羡之慨;有的是新忙人,唯恐得闲,装腔作势,发虚假之慨;有的是旧忙人,无奈赋闲,强扮潇洒,发凄清之慨。至于有些人,连闲章之中,青云之志、奔竞之心都已遮饰不住,也就不值深论了。

想起这些读谱旧话,是因为董宁文先生所编"我的"序列中,又出了一本《我的闲章》,收入当世六十几位文人学士谈论闲章的文字。今人情志，自不宜以旧时规范拟之。况且命题虽是"我的闲章"，但文中所及，远不止于此。不少文坛前辈，由闲章而溯及一生经历，几种坎坷，审时论世，鞭辟入里。如黄永厚先生有方闲章，直取"帮凶"二字，有拍案而起之气。谷林先生的闲章"从今身是太平人"，刻成于抗日战争胜利之际，表达了中国人民的善良愿望，而这愿望真正得以实现，已是又三十年之后的事情了。钟叔河先生喜爱青灯"映照出来的这一份寂寞"，他的闲章用的就是知堂的成句："依然有味是青灯。"约而言之，"闲章"以外那份"我的"，才是真正韵味所在。

闲章的品评，篆刻优劣尚在其次，首先要看内涵。所以闲章多有不善治印者自己操刀的，图的就是适情惬意。请别人刻闲章，一定也是自己选好了词句。闲章可以钤在字画上，也可以钤在藏书上，但更多的可能则是并不钤用，只作为印主一时心境的记录，名副其实地"闲"在那里。邵燕祥先生就人而言，说"有闲情才有闲章"；高信先生就印而言，说"钤用则忙，不用则闲，可忙可闲，可闲可忙，忙来自忙，闲来自闲"，且以闲章比喻"自尊自重自立自强的读书人"，皆可谓深得个中三昧。

有些闲章取意巧妙，发人深省。如绿原先生的闲章，刻出来的是"胆欲大而心欲细",隐隐然提醒观者"智欲圆而行欲方"。当今之世,"胆大"而妄为者不可谓不多,行为方正之人能得几何?方成先生的闲章"我画我的",看似直白,却深蕴着艺术创作的真谛,与止庵先生的闲章"自适其适",可谓异曲同工。后者语出《庄子》,适人之适不如自适其适,已经是一种人生智慧了。汤奇石先生为周退密所刻"与草窗同姓、梦窗同里",以二窗点出周先生的姓氏与籍贯,亦见机智。韦力先生藏书之富,天下皆知,他的闲章竟也多到百余方,书中印出了十八方,我最喜欢的,一是"嗜书好货,均为一贪",一是"读古人书,友天下士",本色当行而雅有深意。也有一些人的闲章中,映现出鲜明的时代气息,如袁鹰先生的闲章"我欲因之梦寥廓"、"满目青山夕照明",一望可知其产生的文化背景。

　　几乎每方闲章后面,都会有一个故事,最多的是印主与刻印人之间的脱俗情谊。如黄宗江之与李骆公,高信之与周述华,车辐之与曾右石、胥叔平,许觉民与曹辛之……陈子善先生为不慎丢失了刘淑度先生所治"学无涯"一印,"一直懊恼不已",这篇以"痛惜"为题的文章,写得情意绵长。

　　这六十多位有闲章可写的人,最年长的已年过九旬,几位年轻的才四十出头,其中有学者,有作家,有画师,有艺人,要说共同之处,大约只有一点,即无一不是当今忙人。所以我以闲章为"忙里偷闲"的艺术。来新夏先生有两方闲章,刻的都是"难得人生老更忙",意思就更明白了。

辑 三

在香港逛书店

2002年7月随团赴港澳观光，知道有一天可以自由活动，所以事先向陈子善先生打听香港旧书店的情况。子善先生细致地为我写下了四家旧书店的地址和电话，其中有旺角洗衣街的新亚书店，并且说明旺角一带还有不少小书店、旧书店，于是便将新亚作了此行的首选。

香港接机的导游，是位健谈的中年女性，路上介绍在港与人交往的禁忌，就有不可向人问书店一条，因为"书"与"输"同音。我暗自庆幸怀里揣了张联络图。

我们的住地在铜锣湾，看交通图，去旺角可以取道中环。这天早晨出门，就乘有轨电车去了中环，打算先看看士丹利街的神州图书文玩公司。哪知时已九点，大小店家都还没有开门的意思。时间有限，不敢多等，忙转地铁去旺角。出站就是繁华的商业区，问清洗衣街的方向，一路逛过去,顺便给妻子和女儿买了点纪念品。沿途遇见四五家小书店,不是在二楼就是在三楼,有卖畅销书的,有卖生活、政经类图书的,有卖教材的,都非我所欲;新版文史书籍,有些是内地出版物的港台版,有些虽是港台原创,也已有内地版问世,显示了两岸四地文化交流的密切。所以我的目标是旧书。然而在附近转了几圈,新亚书店就是不露面。眼看时已过午,才知道按图索骥的不现实,只好硬着头皮问人。亏得一家文具店的先生指点,才在一片密密麻麻的店铺间,找到新亚书店的入口。

书店在三楼,只有一间房,四壁满布书架,中间又嵌进去两排书架,书架的脚边也堆起了书,只余下仅容一人挪步的窄道。近门处放了张写字台,兼作收银,一位慈眉善目的老太太在坐守,旁边还放了只供顾客休息的凳子,真可谓螺蛳壳里做道场。同主人打了招呼,赶紧沿着书架看过去,才知道这里是以经营内地新旧文史书为主的,二十世纪五六十年代的出版物居然尚有一些,八十年代后的就更多,而港台出版物相对反较少。无意间还发现了我的一本《家住六朝烟水间》,虽出版未久,内地也已脱销了。

旧书上没有标出售价,我选出几本问了问,约在一二十元一册,不比南京的书价高。听子善先生说,如果买得多,尚可以还一还价,于是看到感兴趣的就抽下来。一圈转到头,就有了十来本。远道而来,仅这点收获未免有些于心不甘,于是又从头搜索一回。很怀疑地上的书堆里会有好书,可是走道中蹲不下身,弓着腰挑拣太困难,只能草草翻了翻。

将挑出的书堆在写字台上,筛掉了几本书品太差的,选定了这样的几种:

《王子若摹刻研史手牍》,文物出版社 1962 年 9 月初版,线装十二开本,玉扣纸排印八百册。内收王子若为王相摹刻《研史》期间手牍十四封,书眉有王相批语;另附《高南阜研史年谱》、《校勘研史笔记》两种,卷首且影印王子若绘画、书法、研拓、印拓等及原刻本书影。读此不仅可知摹刻《研史》一事来龙去脉,且得见艺人生平坎坷和风骨精神。

《清史资料汇编补编》,台北河洛图书出版社版,出版年月、印数、定价均未见标出;三十二开绿漆布面精装四册。内收资料三十九种,虽皆影印自旧书刊,但原本今多已难得。我所读过者,仅《清代科举考试述录》一种,约占半册。其中《太祖高皇帝实录稿本三种》一册,系手稿影印;《读清史稿札记》、《清谥法考》、《清语人名译汉》、《封谥翻清》、《歌章祝辞辑录》等,皆大便利于读清史者。

123

《梁任公知交手札》，台北文海出版社版，三十二开黑漆布面精装，为"清代稿本百种汇刊"之零本，惜仅存上册。书前编者例言中说，"此辑所收知交手札，多达八厚册，自戊申至壬子分年装订"，实则明订丁末者数见于册中。书前无目录，不知下册可有索引。近年于前人书信日记尤感兴趣，且原本系"国立中央图书馆"善本，非我辈所得见，故不能舍此零本。

《注史斋丛稿》，香港新亚研究所1959年8月版，三十二开平装。北京中华书局有1987年3月增订版《注史斋丛稿》，作者前言中说到1959年有同名书面世，而未言明系港版，且删去了港版之作者叙。实则此叙介绍成书经过及编次体例，大有看头。两书文字亦稍有出入。

此外还有两册《故宫文物月刊》和一册日本三交社印行的古书画艺术品展览图录。

一边论价付款，一边与老太太闲话。说到是陈子善先生介绍来的，她笑了说，那是我儿子的朋友，便递过一张名片来。我才知道这书店的主人是苏赓哲先生，除了这里，还经营着一家怀乡书房。她说书店原在二楼，如今更上层楼，是为了租金稍廉。我也看得出，这样的旧书店恐怕是赚不了多少钱的，店主的坚持诚为可贵；倘若书价能够不涨,读书人大约都会愿意多爬一层楼。

时近傍晚,提着够沉重的一包书,我已没能耐再去找下一家书店了。

时隔两月,从澳洲回国,途经香港转机,逗留一夜。这回是住在金巴利道,吃过晚饭在附近转,看到几家小书店,都已关了门。忽然发现商务印书馆的大招牌,还亮着灯,喜出望外,急忙赶过去。哪知一排书架没看完,店里已在关灯逐客,原来九点就下班了。悻悻地出了书店,看着满街的灯红酒绿,暗想,原来香港的夜生活,是不包括淘书一项的。

在上海买旧书

与上海书店结缘,始于1988年初。当时江苏作协有一个活动,要给与会者送礼品书,我选中的是上海书店影印的《古今茶事》和《古今酒事》,但后者当地缺货,会期在即,遂决定去上海买。那也是我第一次为买书专程到上海。新书买好,顺便看了看店里的线装书柜,其时几无版本知识,结果只花两元钱买下一册《云间两徵君集》,1949年秋的排印本,因所收多传、铭、书札,不乏清末民初史实。听说二楼还有一室售旧书,也闯进去看,二三十平方米,沿墙书架和中间大桌上都是旧平装,觉得不如上海书店的影印本清爽,价格还稍贵一点,一本也没买。今日想来,真是身入宝山空手而返。

此后十余年间,只要到上海,总要逛一逛福州路,也总会有点收获,但多是新书了。上海的书店比南京到货快,品种也丰富得多。淘访旧书，值得一提的，自然也有几次。

2002年岁首，与徐雁赴上海，为"中国版本文化丛书"组稿，事毕得陈子善先生陪同，去新文化书社和福德广场四楼看书。时值上海第三届书市，新文化书社正是古旧书刊展销点之一，虽已近尾声，我仍然挑得十几种，有线装有旧平装，可谓物美价廉。福德广场主要看了瞿永发先生的书，也选了十几种，都是用得着的。在南京已很难有这样的机会。此行更大的收获是结识了好书不倦的独行侠李福眠先生，后经他介绍得识陈克希先生；克希先生供职于上海书店，他那里是爱书人的一个据点，遂又得与多位新书友结缘。

次年8月，国家图书馆假上海图书馆举办"中华再造善本丛书"首发活动，我和徐雁、王稼句应邀赴沪。会间得空，与邱忆君先生等再访新文化书社，只觉线装与旧版书品种已不多，只买得1919年商务版《灯下闲谈》、1922年排印《乘风破浪图倡和集》及石印瘦金书《新雕名公记述老苏先生事实》三种；另上海图书馆1963年影印明抄《稼圃辑》，售价已达四十元。福州路上几家小书店，一些旧小说的价格高得不可思议。倒是在福州路图书城，意外买到特价的《商务印书馆百年大事记》。

2003年国庆长假，上海书店举办"国际化都市与古旧书业"论坛，承彭卫国先生邀我与徐雁加盟。时值书店四楼举办古旧书展，这才算看到上海民间古旧书业的阵容一斑。数十张长条桌分隔成二十来个摊位，虽说已经卖了四五天，仍有不少让人爱不释手的好书。像商务印书馆1935年初版《太平天国史事论丛》、正风出版社1951年初版《太平军初占江南史事录》等，价各二十元，在南京是不可想象的。商务1936年初版《中国农书》上下册，资料极丰富，售四十元。熊十力先生著《明心篇》，龙门联合书局1959年初版，仅印两百一十一册；《保加利亚版画选》，人民美术社1959年印八百套，都只售十元。听瞿永发先生说，不少人家中有好书，无店面，只有这样的机会，才能展示出来。

隔日由韦泱先生陪去文庙，则又是一番景象，露天简易书摊密密层层，淘书人摩肩接踵。难怪南京有几个旧书店主，几乎每周都要来文庙进货。此地所售多近半个世纪出版物，间亦有旧书。我所得《沈信卿先生文集》线装排印三厚册，系其家印本；沈氏吴县人，胡厥文先生岳父，曾参加公车上书，于江苏教育事业颇多贡献。又《好文章》第一集，好文章出版社1948年初版，选编有识，装帧亦佳，且此出版社未见著录。后复至东台路陈俊骅先生店中,得商务版卢前《读曲小识》;又常熟孙雄《旧京文存》二册,线装排印,著者系翁同龢门生,光绪进士,久居北京,往还多一时俊彦。但相较之下,仍觉古旧书展的形式最便利读者。

上海是中国现当代出版中心, 也是旧书业的集散中心。面对当前读书藏书的社会热潮,上海书店决定开设萃聚众多业主的旧书市场,在拍卖会与文庙书摊之间,营造一个中间层次,进一步完善旧书业经营结构,以充分发挥区位优势、利用旧书资源,可谓顺应时势的明智之举,不但能够更好地满足爱书人的需求, 也一定能成为国际化大都市中的新文化景观。

阅读先锋书店

　　能让人常读常新的书是不多的，能让人常读常新的书店就更少了。

　　在我的视野中，南京的先锋书店可以算一家这样的书店。它有点像西方的百科全书，每过一段时间就会推出新的"增订版"，篇幅大大增加，内容更为丰富，但理念不变，传播知识、崇尚文明的理念不变。它的早期版本，已经成为历史，存留在人们的记忆中，但最近的几个版本仍并存着；有的人迫不及待地投向新版本，也有的人还依恋着用惯了的旧版本。

　　留在读者记忆中的先锋书店版本，一个是作为先锋书店发祥之地的太平南路店，一个是被莘莘学子称为"南京大学第二图书馆"的广州路店，一个是抢滩新街口地铁站、为时尚白领打造的东方商城店；而现在并存于南京的,则有最新一版的五台山店和龙江店。我常去的五台山店,有三千多平方米的店面,在南京的书店里或许算不上有什么"大"优势,然而它长,长到一百几十米,长到一侧可以容纳数万种图书,一侧可以陈列数百张关于书店、关于阅读的大图片,这就成了一条名副其实的读书之路,如同人的读书生涯一样漫长的书乡旅程。其间那一个个带座位的平台,仿佛供远行人小憩的驿站。一本好书总是很容易被读完,总是会让人觉得它太薄;一个好书店也是这样,总是让人觉得它太小,太快地走到了头。但是这条一眼望不到尽头的先锋读书之路,足以让每一位爱书人流浪到筋疲力尽,流浪到天长地久,而精神却得到空前的充实。

我使用流浪这个词,是因为先锋书店的格言,"大地上的异乡者",太容易让人想到流浪。人生活在大地上,但是人的精神,不能停留在地面上;每一个追求精神家园的人,都会将自己的立足之处视为异乡。这种理解,与店主钱晓华的理解可能不大一样。诗无达诂,每一位走进先锋书店的人,对这诗化的语言都可以有自己的理解。但在流浪这个层面上,我想大家会是一致的。

钱晓华的先锋理念,也许就在于此。谁也不可能为精神流浪者提供一个长久的栖身之地, 但是可以为他们提

131

供一条无尽的流浪之路。这就更有文化宽容精神,更有人性关怀的意味。

信奉这格言的钱晓华是一位诗人,或者说是一个充满诗性的人。他写诗,不仅用笔。他的得意之作是先锋书店。他抽出自己的肋骨来写这首诗,他用十五年的时间将这首诗写到第八行,每一行都给读书人留下深刻的记忆。这是当代中国不可忽略的"先锋派"诗歌,也可以说是当代中国最具现场意义的"先锋派诗歌"。

开一家好书店不容易。就像一掷百万购下万种图书,未必就能成为一个藏书家;一掷亿万开设一家大书店,也未必就会是一个好书店。先锋书店开放在每一个人的面前,可以说没有秘密可言,然而至今没有人能克隆出第二个"先锋"来。先锋书店的创业发展,固然有一步一个脚印的坚实基础,也更由于钱晓华不竭的开创精神。从店面设计到内部管理,从选择图书到沟通读者,每个环节上都显示出的那种奔放激情和活力,或许就是先锋的最大秘密。如果说钱晓华也是一个流浪者,那么先锋书店就是他永无止境的流浪之路。不仅是为了赚钱,赚钱未必要开书店,更无须永远开书店;不仅是为了爱书,爱书未必要开书店,更无须开这样多、这样大的书店。他的目标就是开好书店。只有在书店里，他才有回家的感觉；书店已经成为他的生活和生命不可或缺的组成部分。

我可以说是看着先锋书店长大的，就像邻家的孩子，昨天还在骑竹马，今日已经驾长风。尽管作为旁观者，先锋书店所遭遇的那些艰辛和磨难，仍然令人刻骨铭心。应该说，新世纪十年，先锋书店在南京的迅速成长，从某种意义上说，也正是社会人文精神成长的一种反映。

坦率地说，对于先锋书店的每一次"增订再版"，我都曾不无担忧。一家民营书店在发展中，有着太多的难处；规模越大，运转就越艰巨。钱晓华推动这部机器，更多的是靠自己的意志力和献身精神，他是以自己的心血作为润滑剂的。钱晓华是个有着宗教情结的人，去年被评为"中国最美书店"的五台山店，乍看上去，就颇有些教堂的氛围。但他的上帝是书，他的灵魂也是书。所以他的灵魂与上帝融洽无间，他的奉献也就是他的收获，任何宗教都无法达到这种境界。值得庆幸的是，今天的先锋书店，已经不是钱晓华一个人在拼搏，他的身边已经聚合了一群高品位的年轻人，组成了一个特别能奋斗的先锋团队。先锋书店为他们提供了一个高层次的平台，而他们在这平台上放飞自己绚丽的理想，也使先锋书店更加璀璨多姿。

更坦率地说，先锋书店还不是我心中最理想的书店。其实每一个读书人，心头都会有一家理想的书店。我理想中的书店不必那么大，图书品种也不必那么多，有我正需要的就成，甚至无须那么多的读者光顾，只要有若干同好，经常一起坐坐，喝茶聊天，互通有无，大家都不累。然而这已经太像一间书房。说白了，我的"书店"是为一个人设计的，钱晓华的书店是为广大读书人、爱书人设计的，充分考虑到人的尺度、人的感受、人的需要，是一个以读者为中心的书店。看到不少大学生把那里当成图书馆一样，占一张小桌读书、温课，甚至倚在沙发上小憩，心中不由得泛出暖意。有时记者相约择地做采访，我首先便会想到先锋书店；女儿在电视台做编导时，第一部作品选择的外景地，就是先锋书店。

钱晓华当然也有自己的书房，他甚至每天晚上都会去逛别人的书店，搜求自己要读的书。时常听他在电话中得意他的收获，淘书与读书的收获，恍惚间会觉得这是另一个钱晓华，不是那个开书店的人，而是一个纯粹的读书人。然而谁能断言，他的阅读与他的书店没有某种内在的联系呢。当然，钱晓华更不会放过阅读书店的机会。近年他去了几趟台湾，那真是把别人花在饭桌上的时间，都耗在了书店里,几天内他居然能走访一百家书店,拍下了近千张照片。海外同行的书业理念和经营方式,都成了他的营养和财富,使得此后的先锋书店更加耐读。

所以,我虽然在先锋书店买书不算多,但隔一段时间也总要去走一走、坐一坐,翻一翻这部常读常新的大书。因为,阅读先锋书店,阅读钱晓华,不仅可以找到自己需要的新书,可以了解图书出版的最新动态,可以了解图书经营的最新状况,更重要的是,可以体味一回先锋精神——这该是每个追求崇高的文化人都会需要的。

高邮断想

2006 年秋天，在高邮，听说明末清初的风云人物吴三桂是高邮人，很感意外，印象中吴三桂少年时即已驰骋辽东。回家后查《清史稿》，果然，吴三桂真是"江南高邮人，籍辽东"。听高邮的朋友说，三桂之父吴襄，往来南北贩马，后寄籍辽东，与辽东望族祖氏联姻，又考中武进士，由此进入辽东军事集团。吴三桂正是这个集团的后起之秀。

在高邮名人园中，没看到吴三桂的塑像，倒并不感到意外。因为他的名声虽大，却不佳。在教科书历史中，吴三桂借清军击败李自成，长期被称为"引狼入室"；待到康熙年间他又发动"三藩之乱"，更成了反复无常的"逆臣"，在汉族人和满族人之间，弄了个"里外不是人"。

其实吴三桂是有些冤枉的。汉族人与满族人，本都是"中华民族大家庭"中的一员。更何况在明王朝、李自成与新兴的清王朝之间,平心而论,也只有清王朝生机勃勃,足以使当时的中国重新恢复和平安宁,走向繁荣昌盛。换个角度说,当其时清军入关,已是大势所趋,吴三桂与李自成都没有力量阻挡。无论吴三桂的主观意图如何,在那个历史情境下,他做出的确是最明智的选择。只要不是认定唯有农民起义才能"推动历史前进",只要能够正视李自成集团进京后的迅速腐败,在引清军入关这一点上,吴三桂就并没有做错什么。至于两百多年后,像孙中山这样的民主主义者,仍将"驱逐鞑虏"放在革命纲领的首位,实在是将封建帝制与清王朝统治搞混淆了,误以为反清就是反封建,所以推翻清王朝后建立的政权,维持的依然是封建统治。

同样没能进入高邮名人园的历史人物,还有几位。其一是明朝初年官至右丞相、爵封忠勤伯的汪广洋,他在元朝末年中进士,被朱元璋召为元帅府令史,曾参与常遇春军务,洪武初年屡膺重任,后因牵连进胡惟庸毒死刘伯温案而被杀。其二是元朝末年以高邮为根据地的农民起义领袖张士诚,曾与元丞相脱脱所率百万大军在高邮对峙,亦不愧为一世之雄,后被他的农民起义同志朱元璋所剿杀。其三是唐代的大将薛仁贵,他在唐太宗麾下东征西讨,

"将军三箭定天山，战士长歌入汉关"，威名远扬，据说薛仁贵东征高丽归国，曾在高邮的东部卸甲休整，千年之后还留下一座卸甲镇，被誉为高邮的经济强镇和文明新镇。可能因为现在主持此类纪念工作的都是文化人，自然对文化人格外地偏爱一点，这几位都没留下什么可见的痕迹。

除了名人园，高邮还有几处名人纪念地。最负盛名的自然要数文游台。时逢重阳，正该有登高之兴，文游台之游也成为此行的高峰。

文游台，因苏轼、秦观、孙觉、王巩等人会聚于此、饮酒论文而得名。秦观是"苏门四学士"之一，曾经苏轼推荐为太学博士、国史院编修官，自然乐于向恩师展示家乡的璀璨文明。登台四望，东观禾田，西览湖天，古城风貌、水乡风光尽收眼底，令人流连忘返。今天的文游台中，塑有秦观的铜像，身姿秀拔，面目清癯，意想中秦少游就该是这么个文弱的模样，而苏东坡则要雄壮得多。两人的词作，似乎也有这样的差别，以至于连苏东坡都怀疑秦观是在学柳永作词。台上的题匾中，记不清是谁写了"山抹微云"四个字，无疑是取自秦观的《满庭芳》。这首词也就是开头四个字可以拈出来用，接下去，便渐至"香囊暗解，罗带轻分"的境地,和"谩赢得青楼、薄幸名存"的慨叹了。但他的《鹊桥仙》写得也真美:"纤云弄巧,飞星传恨,银汉迢迢暗度。金风玉露一相逢,便胜却人间无数。柔情似水,佳期如梦,忍顾鹊桥归路。两情若是久长时,又岂在朝朝暮暮!"可谓字字珠玑,将恋人间悲欢离合的曲折情怀,表现得淋漓尽致。尤其结尾两句,更是化腐朽为神奇,将千百年来被无数诗文演绎过的牛郎织女故事,推到了一个全新境界。

始建于北宋太平兴国年间的古文游台,近二十年间得到了较好的保护与修缮,每次重访都会有些新的感觉。草坪一角挤成一团的四只石狮子十分惹眼,一个个歪头咧嘴,像幼儿园里嬉闹的孩子,引得不少游人钻到狮子中间去留影。其实这只是几只断毁了底座的守门石狮,在别处很可能就废弃了,能想到做这样的处理,显示了高邮人的聪明心和幽默感。今年新增加的一个展馆,是"1931年高邮特大洪灾及运堤修复展览"。这是一种令人惊心动魄的展示,让游人在赞叹里下河秀美水乡风光的同时,能够领略到水利的另一面。据说当年洪水退去,文游台下堆满了尸体。1991年,又一次特大洪水降临时,我恰有机会到高邮考察,并且去看了六十年前决堤处的挡军楼险段,站在今日坚固的堤坝上,当年决堤时冲出的巨大水塘依然

139

清晰可辨,直径达几公里,让人能想象出那排山倒海的洪水的威猛!

高邮湖是一面"悬湖",高邮人长年"头顶一湖水",尽管有可靠的水利堤防,危机意识也不能稍懈。应该感谢高邮的有识之士,能够从历史的陈迹中,寻找出这些由国际友人冒险航拍的照片,重现了那一场大灾难,也重现了社会各界奋起救灾的历史真实。

高邮之行,算来前后已不下十次。最近的一次,是同年三月,伴扬州的朋友们作运河之游,在高邮主要看了盂城驿。盂城驿的修缮,是当代古建筑维修工作中,比较成功的范例。它与南门大街一起,展示了苏北明清建筑的风貌。高邮得名于秦王在此地"筑高台,设邮亭",但秦代邮亭的痕迹早已无从寻觅。就是这始建于明朝洪武八年的盂城驿,也是我国目前保存最好、规模最大的古代驿站遗存了,所以会被定为全国文物保护单位。

这次未能重游的,是王念孙、王引之父子纪念馆,同行的叶兆言对此尤感遗憾。王氏父子是中国文化史上占有重要地位的语言文字学家,王念孙的《广雅疏证》、《读书杂志》,王引之的《经义述闻》、《经传释词》,是音韵训诂学的经典,被合称为"高邮王氏四种"。文字音韵训诂,是国学的重要分支,也是国学研究的基本功,所以在重考据的清代,成就卓著,其杰出代表人物,就是金坛的段玉裁和高邮王氏父子,所以世称"段王之学"。王念孙发现的语言同声同义规律,王氏父子倡导并实践的由古声求证古义方法,更被称为"高邮王氏学"。二十世纪初,这门学问的领军人物是章太炎及其弟子黄侃,曾向章、黄问学,今年7月去世的国学大师徐复先生,将自己的训诂论集命名为《后读书杂志》,明确地表示了继承王氏之学的意思。

然而,自五四运动以来,中华民族传统文化屡遭野蛮批判,文字音韵、名物训诂、典章制度等方面的研究,更日益成为冷门。早在七十年前,黄侃先生就担心其有成为"绝学"的可能。时至今日,就是在文人圈子里,不说王氏之学了,对王氏父子其人也很少有发生兴趣的。高邮能较好地保存下王氏父子的故居,并辟建为纪念馆,展示出王氏父子重要著作的各种版本,以及近现代学者在高邮王氏学研究方面的新成果,继此一脉,以垂千古,是难能可贵的,也是值得庆幸的。

文人心梦

算起来，从初学动笔写字，迄今已有五十多年，可是对于笔，一直说不上有什么特别的印象。小时候用铅笔、用钢笔、用圆珠笔，都是父母买了来，自己少有选择的余地。再说老师和家长关心的只是字写得好不好，而不是笔好不好。这也是软笔和硬笔的区别。毛笔字写不好，可以把责任推给笔，而硬笔字写不好，就只能怨自己。换句话说，在硬笔时代，笔失去了所有的神奇色彩，只与书写的过程相伴。"管城子"、"中书君"，"如椽之笔"、"梦笔生花"，对笔的种种美誉，都已成为历史。

二十世纪八十年代，我初涉文坛，其时最风光的活动，要数作家笔会，算是又记起了文人以笔为生计的道理。然而好景不长，九十年代电子计算机普及，成了平常的写作工具，一时间学界文坛"换笔"成风。自那以后，难得再看到有谁衣袋里插着支笔。我从 1992 年改用电脑写作,实际上是拿计算机作打字机用,十几年间打坏了两台;现在的第三台,功能之丰富,出乎我的想象,可我用得上的依然只是一支"笔"。进入新世纪,网络广布,电子邮件成为最便利的联络方式,写信投稿,打开邮箱,一触即发,连在打印稿上签名都省了。女儿读研究生,老师布置作业从网上发来,女儿完成后从网上发去。倘若此法推广到中学与小学,学生书包,或稍可减重,但人与笔的疏离,也就到了极致。

退出实用领域的旧物,有不少转化为公私收藏的对象。陶瓷、家具不必说了,只论文房四宝,笔墨纸砚,旧墨、故纸、古砚,都成了文人的玩物,可以上拍卖会,唯独毛笔,少有藏家宠爱。其原因,大约是毛笔一经使用,价值顿减。墨要陈,笔要新,是文人的常识。即以日常称谓论,文友、书友、藏友、玩友、网友、驴友,以至酒友、牌友,铺天盖地,唯独笔友之称,不见流行。

笔与文人,似有渐行渐远之势。

半个世纪前以"耕地不用牛,点灯不用油"作宣传,很让国人兴奋了一回。有一本风行一时的科普书叫《科学家谈二十一世纪》,里面的科学幻想,今天看来全是小儿科。

当时还没有人敢设想"写字不用笔",否则恐怕不是被当作骗子,就是被关进疯人院。

其实,写字总是要使用工具的,听说现在已出现了听人口述便能自动转化为文字的计算机,但那仍然是完成书写过程的一种工具。如果我们把书写的工具定义为笔,那么变化的就只是这工具的形态。在毛笔出现之前,中国的先人用刀刻出甲骨文,用模具铸就青铜铭文;在毛笔之后,又引入了铅笔、蘸水笔、钢笔、圆珠笔、签字笔与水笔,以及和笔的形态相距甚远的电脑键盘。但只要还有书写,"笔"就不会消亡。

而毛笔,无疑是与中华文明史相伴最久、影响也最大的书写工具。即以今日论,作为中华民族文化传统重要组成部分的书法和国画,仍然离不开毛笔。有人以为中华文化可以称作毛笔文化,或许有过甚其辞之处,但没有毛笔的中华文明史,肯定是不可想象的。毛笔与筷子一样,已经成为中华文明不可或缺的象征。

几千年来,毛笔为中国文人所爱重。毛笔的品格,也与中国文人最为相近。它只与书写的过程相伴,一旦写作完成,它也就恬然身退。有谁在展示自己的书画作品时,会把所用的那支笔挂在旁边的呢?人们在欣赏一部好书时,又有谁会想到写成它的那支笔呢?

同样,在中华文明史上立下汗马功劳的毛笔,一旦出现了更为便捷的书写工具,它也就坦然地退入历史的后台。

这是一种仍为当代文人所敬重的境界。

2007年初冬,第五届全国民间读书报刊年会在江西进贤举行,我和几位友人有幸赴农耕笔庄观光,这才会引起上面那些关于笔的遐思。

在当代毛笔生产中,进贤文港毛笔早与湖笔分庭抗礼。据文先国先生研究,湖州最早的制笔家族,就是从进贤迁去的。文港的毛笔古村周坊,现在还保存着诸多明清制笔世家的遗迹。而农耕笔庄制作的毛笔,又堪称文港笔中的白眉。毛笔制作,与钢笔、水笔、圆珠笔都不同,不能使用机器,无法按规格成批量生产,必须由工人从一丝一毫做起。做成一支毛笔要经过两百多道工序,每一道工序都会影响到毛笔的个性,诚所谓差之毫厘,谬以千里。笔庄主人邹农耕先生精益求精,对每一道工序都事必躬亲,难怪农耕笔庄的分号遍布全国,有三四千位书画家爱上了农耕笔庄的笔。

未到进贤之前,已听好几位书友介绍过邹农耕先生,但还是没想到,他是如此年轻,又如此儒雅,更难得的是如此热爱家乡的文化事业。制笔固然可算是一种文化产业,而邹农耕先生为进贤地方文化所作的奉献,远不止于此。只要是能为进贤扬名、替进贤增光的活动,他都积极参与。已出两卷、颇得书友好评的《文笔》杂志,也是他与几位文友共同努力的成果。

我在心里为农耕先生拟了一段题词,苦于不能用毛笔,终于没有写出,只好记在这里:"农耕,耕也;笔耕,亦耕也。只问耕耘,不问收获,乃耕者之化境。"

福州书画家林公武先生,使用农耕笔庄的笔,已有数年,驾轻就熟,很快在笔庄的展示柜里挑出三支笔。我无意中发现,其中一支的笔杆上,刻的是"文人心梦"四个字,不禁为之心醉。一支毛笔的命名,竟能够如此典雅而意蕴丰富,可见邹农耕先生在笔上所花的心思!遂与陈子善先生也去翻寻,哪知再不能得见芳影。子善先生大为感慨:"只许林先生有此心梦,我们就不能做一回文人心梦?"邹农耕先生闻言,忙又找出两支,让我们两个不惯写毛笔字的人圆了一个心梦。

文人的心梦中,总会有一支不朽的笔。

黑吃"四寸膘"

不是黑道故事,是我在苏北农村插队时吃肥肉的故事。

那年头中国的最大特色,就是折腾。农村自不能例外,每逢冬季农闲,从生产队往上,层层要兴修水利,农民叫扒河;而公社以至县里组织的大工程,叫扒大河。往往是前任书记开沟,后任书记便筑堤,所以年年不得闲。扒大河很苦,指标是硬的,通常每人每天两方土,不是从河底取土挑到河岸上,就是从平地取土挑到堤顶上,非强劳动力不能胜任。至于风雪交加、天寒地冻之类,都不在话下了。如我之辈无依无靠的知青,年年争着去扒大河当民工,并非因接受贫下中农的再教育,改造好了世界观,而是扒大河不用自带口粮,一天三顿全吃公家的,节省下一冬的吃食,可以留着开春后填肚子。物质决定意识,口粮短缺决定了我们的奋不顾身。

147

扒大河工地上,不但可以放开肚皮吃饭,而且工程胜利结束时,还有一顿大肉作为庆功宴,这就归到我们的正题上来了。总在头十天前,民工们就开始兴奋,收工后躺在窝棚里馋涎欲滴地讨论,今年的这顿肉,会是"四寸膘"还是"五寸膘",也就是肥肉,农民叫白肉,厚度起码得在四寸以上。熬了一年的肚皮,早已没有半点油星,非此不能杀渴。然后便是催促伙头军,趁早到食品站去看好了猪,不要把肥膘肉让别人抢去了。其实伙夫同样心急,天天吃饭时都会向大家汇报,今天杀的猪毛重几何,膘厚几寸。终于有一天,伙夫把肉背回来了,所有的人都围上去,看、摸、掂、嗅,又开手指量,四寸五还是四寸八地计较,性急的索性伸出舌头去舔一口,冰碴子把舌条划出血痕,还自以为捞到了油水。本队的看饱了,还要派代表溜到邻队的伙房里去,与人家买的肉作比较。得胜的一方,在工地上可以自豪地取笑对方,从白肉的厚薄,攀扯到对方的工程进度、个人的气力大小,直至性能力的高低。失利的一方,不免要埋怨本队的伙夫艺不如人,明年怎么也不能再用他;赌咒发誓,明年的白肉,一定不能再输给别的队。总之肉还没吃到嘴,精神上的享受已经丰富而多彩。

吃肉的日子终于到了,那是比过年还要激动人心的时刻。须知过年是吃自己的,而此刻是吃公家的,公私不能不分明。傍晚时分,整个工地上都弥漫着猪肉的浓香,人人都沉醉在即将到来的幸福之中。验工结束了,工具收拢了,行装打好了,天色黑尽了,只等吃完肉就可以上路回家了,吃肉的庆典也就开始了。全队十几个民工,人手一双长竹筷、一只大海碗,在桌边团团围定,伙夫连肉带汤,盛在一只大瓦盆里,端到桌子中间放好。闪烁的煤油灯下,切成巴掌大的白肉,油光闪亮,浮满在汤面上,微微旋动,虽是寒冬腊月,也不见热气腾起。队长放开喉咙大声吼:"看好了?"众人应和:"看好了!"重复到三遍,队长一声令下:"吹灯!"伙夫噗地吹熄了煤油灯。

灯熄就是无声的信号。十几双筷子一齐插进了肉盆。只听得噼噼啪啪,叮叮当当,稀里哗啦,也就三几分钟的时间,只剩下了筷子刮过瓦盆底的嘶啦声了。那是意犹未尽、心有不甘的人在继续奋斗。待到一切都静了下来,队长才开声问:"都吃好了?"话音里带着心满意足的慵懒。

七零八落的声音回复:"好了。"

"上灯!"

煤油灯点亮,十几双眼睛齐刷刷落向盆里,都不相信黑地里能把肉块捞得那么干净。但事实胜过雄辩,盆里确实只剩下了清溜溜的油汤。

每个人都表示自己吃得十分痛快，至少大家的嘴唇上都有油光。这就是黑吃的妙处了。如果是在明处，你快了我慢了，你多了我少了，必然生出矛盾，埋下怨怼，公家花了钱还落不了好；就是让队长去分，也会有大小厚薄轻重的计较，免不了抱怨他偏心。当时中国，不患寡而患不均，而绝对平均是神仙也难办到的。这顿庆功宴要想吃得皆大欢喜，黑吃无疑是最好的办法。汤足饭饱之后，民工们会忍不住夸口炫耀，说自己吃了几块又几块，谁也不会承认自己吃少了，因为在完全相同的条件下，你吃少了，吃不到，只能说明你无能；而按他们报出的数量，肯定远远高于队里所买的那块肉。

当然，黑吃也是有技巧的。初次参加扒大河的人，一块肉都吃不到，也是常事。这技巧就是，下手的时候，筷子一定要平着伸进汤盆，因为肥肉都浮在汤面上，一挑就是几块；如果直着筷子下去，就很难搛住油滑的肥肉。一经点破，相信大家都能明白。

我肯把这个秘技透露给大家，是相信那个时代绝不会再回来，保藏着这屠龙之技，也无用武之地了。

夜宿何园

烟花三月，与王稼句先生应邀去扬州参加线装影印《四库全书》的座谈会，因为这书的一部特藏本，就在何园西北角的汇胜楼上展出，座谈会也定于汇胜楼下的蝴蝶厅中举行，所以有幸在何园中寄宿两夜。

何园有"晚清第一名园"之誉。贯穿全园上下建筑、全长一千五百米的复道回廊，号称"天下第一廊"；石涛叠石的"人间孤本"片石山房，号称"天下第一山"；妙歌曼舞、演绎壶中春秋的水心方亭，号称"天下第一亭"；以定型烧制的金砖砌筑的特大花窗，号称"天下第一窗"。这几个"天下第一"传扬四海，故而每天游人如织。何园的面积，虽有一万四千多平方米，而建筑面积达到七千多平方米，是典型的私家住宅园林。尽管建筑布局严谨，疏密有度，构思绝妙，毕竟不同于公园的设计，活动的空间不能算很宽敞,人一多,难免生拥挤之感。我曾专选了雨天来游,情境便大不相同。这回既住在园内,自不会放过游园的好机会。

当晚,是扬州的"文化名片"韦明铧先生做东,就在园内品尝何家菜,同席还有第一个以文字全面解读何园的杜海先生,及这次活动的主办人、《扬州日报》的才女孟瑶。微醺席散,园门早已关闭,只有我们几个人,踏着湖石飞梁,转进水心亭,散坐在围栏间信口开河。借着园外隐隐的灯光,环绕水池的楼厅与回廊朦胧可见。话语被晚风吹过平静的水面,碎落在空寂的廊道中。当年的园主人与他的旧雨新知,一定常有这样的水心相聚吧?兴起之际,会不会轻拍栏杆,来上一段清曲或评话?家中的女眷,会不会推开楼窗,侧耳倾听,暗加品评?那样的情趣,已是今人难以领略的了。

次日清晨,我与稼句便已在园中漫步。没有导游,没有讲解,只有两个人的行走叩响砖石路面。我们也不去看身边是中式庭园还是西式宅第,也不去管眼前是东园还是西园,也用不着按图索骥似的寻找牡丹厅、桂花厅、浮梅轩、怡萱楼、玉绣楼,我们就是随便走走,就像当年的主人,走在自己的家园中,不需要任何目的。我们走过月洞门,走过半月门,走过长廊与夹道,走过假山石洞,走过石板曲桥,又走进了水心亭。就在坐下的那一瞬间,我看到池边的玉兰树上,开出一朵硕大的白花。

满树的新叶还只是芽尖,花儿就已经开放了呢!

当年的园主人,该就是这样的心境吧?我忽然有些明白。

我忽然有些明白,怎样才是最惬意的人居环境。

东方微笑

深秋时节,有缘西行陕甘。七天的时间,是如此短暂,又是如此漫长,上下五千年的艺术珍藏,绵延数千里的塞上风光,令人目不暇接,心醉神迷。

西安之行,或许只能算是铺垫,进入甘肃,方见高潮迭起。天水麦积山的悬崖峭壁上, 一千三百米凌空栈道,连接起一百九十四个石窟,惊心动魄之余,也让人为先民的虔诚所感动。自四世纪到十九世纪,前后十几个朝代的开凿和修缮,为我们留下了七千二百余尊泥塑石雕,体现不同时代特色的圆塑、高浮塑、模制影塑和壁塑,高者近十六米,小者不足二十厘米,与真人相当的彩塑数以千计,系统地反映出中国泥塑艺术的发展演变历程。

同样是震撼,秦陵兵马俑显示的是冰冷的力,耀武扬威的庞大战阵,满足了帝王死后依然与民间远隔的意愿;

而麦积山塑像呈献的是温暖的心,高居天国的佛祖菩萨,却具有和蔼可亲的面容,成为尘世生活情趣的折射,凡俗美好愿望的化身,极富亲和力。被复制出无数化身的一百三十三窟第九龛小沙弥,优美飘逸,祥和淡定,尤其是那难以参透的笑意,被西方人誉为"东方微笑",足与蒙娜丽莎媲美。

同样令人沉醉的,还有"小江南"的秋景,山峦似波,茂林如花,天成一幅幅色彩清丽的绘画。中国著名石窟中,无疑以麦积山的本色风光为最佳。相比之下,骊山下的华清池,未免多了些刻意营造的暧昧。

告别天水,乘夜车赴敦煌。车停玉门,天尚未明,我走出车厢,头一回领略塞北的晨风。张掖、酒泉,这些唐诗中的地名,已在睡梦中悄然闪过。夜空中有几颗星亮得耀眼。与铁道并行的公路上,车灯闪动如串珠,给茫茫荒原带来一丝生气。

敦煌莫高窟的壁画与雕塑,无疑是此行的又一个高峰,行程表中原定观览两小时,可团员们依依难舍,流连了四个小时。举世闻名的莫高窟,是世界上现存规模最大、内容最丰富的佛教艺术圣地,但也不乏古代社会生活多方面的反映,不仅为中国美术史提供了重要实物,也为中

155

国民俗史提供了重要资料。尽管我们只能看到四百九十二窟中的十个,已为其精湛的艺术所征服。去年曾去柬埔寨参观过吴哥窟,同样是宗教艺术的巅峰之作,但那毕竟是他民族的遗产,赞叹之中,也不无旁观的隔膜。而敦煌,则激发起我们强烈的民族自豪感。

如果说麦积山彩塑更富于民间的生动, 莫高窟则多了几分"官窑"的庄严。当然不同时代的作品之间,也呈现出鲜明的风格差异。年轻的导游一再强调,北朝的佛像是用心做出来的,清朝的佛像是用手做出来的。从思想史的角度看,偶像崇拜的淡化未必不是好事,但从艺术史的角度看,那一份虔诚又是不可或缺的。今天的许多艺术家难成大器,就是因为对艺术缺少了应有的敬畏之心。

号称"天下第一雄关"的嘉峪关,雄踞于茫茫戈壁和皑皑祁连之间,关城高峙,楼堞接天,是古丝绸之路的要冲之地,也是明代万里长城的西端起点,与东端的山海关遥相呼应,在万里长城各关隘中保存最为完整。黄土夯筑的雄伟城关,伴随着大漠孤烟、长河落日,展示出边塞文化的另一面。作为尾声的甘肃省博物馆之行,不仅让我们看到了甘肃丝绸之路的全景,对敦煌文化的理解更为深入;而且以神奇艳丽的马家窑彩陶, 将我们的视野上推到四千年

156

前,对黄河文明能有更广泛的了解,给全程画上了一个圆满句号。

返程途中,在西安转机,飞机升空之际,俯瞰夜幕中的咸阳城,华美的灯火绘出一组组令人迷乱的几何图案。这是当代人的创造。千百年以后,人们将如何评判这样的创造呢?

我们这一代人,又该为中华民族的艺术殿堂贡献出怎样的作品?

匆匆落墨,记下西行采风一点浮光掠影的感想。也许,这样的文字永远不该写出。因为我心我笔,远不足以重现那些民族瑰宝的辉光;这样的世界文化遗产,只能看进眼里,铭在心中,融入血肉,滋润灵魂,化为每个人各具风韵、永不凋谢的"东方微笑"。

日本的幸遇

东京神保町书店街，为全世界的爱书人所向往。2011年11月初有机会去日本，拿到行程表，就有几分失望，连距神田稍近的安排都没有，而免税店、商业街购物竟安排了三次。也难怪，国人对日本电器的热爱，是远过于图书的，除了我们这种被人视为有病的书虫。

在关西机场入境，便由大巴载往古都奈良观光。街头店招中时有"古书"、"古本"的汉字闪现，看得人心头痒痒，可是不会日语，断没有离团独行的可能。东大寺和唐招提寺内外，都有民间工艺品和地方特产店铺，间有旧物，就是没有旧书。第二天上午，参观大阪城公园后，安排去"关西最大规模、最繁华"的心斋桥商业街购物一个半小时。随着大流，无可无不可地逛进去，不想才五十米，就有一家中尾书店，门前支出的小摊上，亮着一沓浮世绘，真有点他乡遇故知的欢喜,急忙钻将进去。

　　书店不大,最多二十平方米。沿墙两面是高约两米的大书架,居中背靠背两排稍矮的半柜式书架,其间就剩下两条仅容一人的狭窄通道了。门外的浮世绘,说明是机器印刷,八开大小每幅八百日元;门内靠右墙书架上是木版印刷复制品, 每幅两千日元;通道尽头收银台后的镜框里,挂了几幅浮世绘原作,作者不熟悉,标价两万到六万日元不等。右面书架上都是日文精装本,有文艺,有政论,明治、大正年间的,标价已在万元上下。转眼看到居中书架上,赫然有三摞线装旧书,当即伸手去翻,上面几本命理类的日文书,没什么兴趣,随后是一本《现今名家棋战·第一》,朝报社大正四年五月印行,皮纸排印,品相完好,看标价才一千日元,不觉心中暗喜,且店中十分冷清,可以从容挑选。接着又有一部《常识养成棋道大观》,上下两厚册,研文馆大正四年九月再版,标价一千五百日元。围棋是自小的游戏,棋术不精,却养成了对棋谱的爱好,见此自不可舍。再翻下去,是一册《明治书翰文》,以岩谷一六手书上版,博文馆明治二十六年十二月印行,一六被誉为"明治三大书家"之一,此作颇有晋唐人遗风,标价也只一千日元。都说日本物价高昂,书价似不尽然。

书店后壁,右角是仅容一人站立的收银台;左角架了一方木板,用于打包,包装纸系书店自印,取浮世绘中的书铺图景。其间两级台阶,有小门通后室,挂一布帘。我刚向布帘张望,即被店员示意阻止,遂转至左侧通道。靠墙架上有些中国晚清刻本和石印本,很普通的书,标价竟达数千以至数万日元,大约也是物以稀为贵吧;另一些日文艺术类图书,多为三十二开本。倒是中间书架上,堆着不少大开本的画册。我向其中寻找熟悉的名字,一眼就看到本精装的《笔久梦二名品百选》,是梦二乡土美术馆以其藏画编集,2000年印行,大十六开,近两百页,铜版纸全彩印,多满页及跨页大图,分日本画、油彩、水彩、素描、木版画、资料、解说,落款、印章、年谱,目录等五部分,资料部分中有大量梦二设计的书装、封筒及其书简。版权页未标定价,书店标三千日元。接着又找到一本二十开软精装的《蕗谷虹儿画集》,讲谈社1975年11月初版,一百二十页,近半是全彩印刷。蕗谷虹儿的名字,早从鲁迅作品中得知,不过看到的主要是其木刻作品;后来还在鲁博书屋买过为纪念鲁迅百年诞辰影印的《艺苑朝华》编号本,其中的《蕗谷虹儿画选》,区区十二幅作品,也是黑白印刷。见到这本画集,才知道不看彩图,根本无从领略虹儿的风格,他为《令女界》《少女画报》《少女俱乐部》所作封面画和插图,真是美得令人心痛。此书原定价三千九百日元,现售三千五。店员看出我的喜爱,又找出一本《笔久梦二展》,是 1975 年 6 月,神户三越百货店为纪念开业五十周年举办的展览图录,二十开,六十四页,三分之一彩印,后附梦二的年谱和展品目录,标价只八百日元,便一并买下了。值得提起的是,同一年,蕗谷虹儿也在三越百货店画廊举办过个人画展。

我正为山东画报出版社撰写介绍插花历史和艺术的《拈花》,希望多找些花道文献作参考,遂写"花道"二字给店员看,店员当即找出几种,可惜尚不如我在国内淘得的,只好放弃。看看表,已经过了四十分钟,心想这街上或许还有别家书店,赶紧结账出门,匆匆朝前寻访。岂料直走到街尾,无非化妆品、服饰、食品、工艺品,因为女儿十月初刚来过日本,这些都是我无须看的。转念一想,还不如再回中尾书店,于是暴走返程,已浪费了半小时。那店员见我去而复来,依然笑脸相迎,我已瞄准了左侧书架顶上的几部和刻本,请他取下来。

一部是《皇朝史略》十二卷六册,《续皇朝史略》五卷四册,《订正续续皇朝史略》七卷七册,文敬堂、文渊堂明治十

161

一年至十四年间印行,价三千八百日元。一部《校正日本外史》,赖氏藏版,明治二十一年三月三刻,二十二卷十二册,正文上框有提要,原藏者又以红、黑两色蝇头小楷,写下了大量眉批,价四千五百日元。一部《校刻日本外史》,松平氏藏版,明治三十年十一月十三刻,二十二卷十二册,书名页贴"大藏省印刷局制"的"呈祥献瑞"双龙印花,加钤出版人篆文朱印"基则之印",亦四千五百日元。三种都是汉字手写上板,平假名标音,刻、印、用纸俱佳,书品洁爽,十分喜人。因为集合时间将至,不及细择,干脆全部买下了。

晚间在宾馆里翻看,《皇朝史略》是一部仿《史记》而作的日本通史,一续再续,自神武天皇即位起,直至明治十三年止。《日本外史》也是纪传体,从源氏、平氏之乱,叙至德川幕府终结,是一部武家政治兴衰史。该书出版后,一度成为日本文化界的必读书,翻印研究成风;此两种版式不同,编例有差,卷首内容各异,正可作比较。传入中国后亦有多种翻刻,至今仍为学界赞誉,称其代表日本汉学的最高成就,也是中日文化交流的标本。

得此幸遇,遂处处留心机会。有次自助餐馆在四楼,经过二楼时见一书店,大标"古典",顿时心动,急急填了填肚子，即先行下楼，进店才发现，所谓"古典"，实是早期录像带；店内的新书，多为少男少女的流行读物，或一百日元一册的文库本，与国内的畅销书店相仿佛。类似书店在住宿点附近也曾看到。

到东京那天，下了富士山，便被带到号称最大免税店的LAOX去购物一小时。据知情人告知，这是日本旅游业专为中国游客所设。从一楼逛到六楼，只花九百日元买了一袋京染千代纸，早早地出了店，在路边望街景。得友人告，店后小街上有一书店，遂匆匆赶去。书店门脸甚小，连店名都没看清楚，里面倒蛮大，都是新书，仅进门处一架旧版日文书。一本《关西大地震》图册，失了封面，印刷质量也差。只有一部日文版精装本《水浒传》，好像还能看看，便伸手拿起来，却发现它后面有个硬纸盒，是日本近代文学馆"名著初版本复刻珠玉选"之一的森鸥外作品，收《于母影》、《雁》、《沙罗的木》、《东京方眼图》四种。纸盒里是特制的硬纸函套，正好将几种开本不同的图书装入，另配《〈于母影〉、〈雁〉、〈沙罗的木〉、〈东京方眼图〉解说》四册一函，说明选刊的原则，是原汁原味的初版复制，并介绍了所选作品的内容和影响，版本情况，复制底本的选定，制作过程以至用纸品类。《雁》是红绸布面精装，书首烫金，加护封和纸函;《沙罗的木》是麻布面精装,书首烫金,加护封和纸函;《东京方眼图》是蓝漆布面精装,和附图单装一纸盒;《于母影》则复制了最初发表的《国民之友》杂志。此书1984年12月发行,原定价两万八千八百日元,现仅售三千五百日元,只怕连制作成本都不够。而最后一天在浅草,寺前有家古玩店,将古书中的版画插图,拆成单页出售,标价数千至万余日元不等。联想到国内古籍拍卖会上的风起云涌,想来图书的价值,也要待变身为投资对象时才能体现。

这一回的日本之行,虽然意外地得享淘书之趣,毕竟连书店街的真面目都未能领略。所以归途上就在想,什么时候,能约上几个书虫,专去神保町,作一回淘书之旅才好。

春季到台北来看雨

和台北有关的歌,我能记得的只有一首:《冬季到台北来看雨》,孟庭苇缠绵的演唱,竟真的会让人萌生念头,要挑一个冬季,去台北看雨。

不是冬季。我们来到台湾,正当雨纷纷的清明时节,在台北四天里,竟有三天是阴雨连绵。

雨中的台北,略显忧郁。街边的多层建筑,像洗干净的旧衣裳,于朦胧中触动心底某个隐秘的角落,令人暗生怜惜。相比南京现今"欲与天公试比高"的冰冷楼厦,台北反给人似曾相识之感。

我们的住地,紧邻着台湾大学。第一感觉,就是那座校门也太小了,远不及南京诸多小学的校门。走在作为台大标志的椰林大道上,未必是因为雨天的阴凉吧,行色匆匆的男女学生,衣着都很朴素。自由伸展的高耸椰树间,一座简单的钟架,悬着一只小小的铜钟,宛似旧时乡村学校的信号钟,这就是纪念前校长傅斯年先生的傅钟了,说明牌还没有一张报纸大。而不少路口立着半人高的醒目标志,只允许步行和自行车通过,拒行机动车,体现出对生命的高度关爱。

晚间,满街华灯绽彩,穿透薄纱般的雨幕,好像迷蒙的都市睁开了眼睛,闪烁出台北的另一副面孔。宽敞的主干道两侧,一排繁华商铺背后,就是条条迷你小巷,遍布饮食店和各种小商品店,漫步着悠闲的行人,弥漫着市井的温馨。吃一顿便餐,比南京还便宜些。市民们对素不相识的游客都能热情相待,让我不觉忆起南京早年的淳厚民风。店铺门前多有雨伞架,最简单的就是一只塑料桶,没有人看管,进店前随手把伞插进去,绝无丢失之虞,也给人回家的感觉。

去年8月,夏潮基金会董事长宋东文先生,组织十一位台湾作家到江苏采风,分手时曾相约台北再见。果然,潇洒飘逸的小说家东年,笑对历史与命运的诗人黄克全,诗歌与摄影双栖的路寒袖,真正以写作为生的专业作家钟文音……我们抵达台北的当晚,大家就又欢聚一堂。第二天参加座谈的台湾作家,有长期主持《文讯》的封德屏、

166

经理《印刻文学生活志》的田运良、主编《幼狮文艺》的吴钧
尧,这几本杂志,都是我在内地曾经读到,并留下深刻印象
的;几位女作家明确的女性意识,也显示出社会的开放。
而两岸作家的共同话题,则是对当下文学与出版状况的
不无忧虑。其实,文学必然会前行,困惑的,只是作家的选
择与命运。

冬季来看雨的年轻人惋叹,失去恋人,熟悉的城市也
会变得陌生。我们却借着重逢旧雨,结识新雨,自然而然
的,与这座陌生的城市,生发了情感的联系。

难得的一天见了太阳,像儿时歌谣里唱的,蓝蓝的天
上飘着白云。而台北城市色调的稍见陈旧,也就被证明了
并非全是阴雨的缘故。台北当然不乏高楼,但百米以上的
超高建筑不多,也远未到密集的程度,城市空间显得相当
宽舒,游人的视域很少遭蛮横切割和压抑。我们几度乘车
穿城而过,没见到建房挖路的工地,也几乎没有遇到拥堵。
城市前行的慢节奏,并不影响宜居的舒适度,也无损于城
市的凝聚力。

依然是微雨中,年轻的台北书友陈逸华和林彦廷开
了车来,领我和傅晓红去九份做半日之游。九份是个观山
看海的好地方,可惜此时,近山远海,都困在浓云密雾之中

了。从照片上看,朝霞暮霭,云淡风轻,无不凸显九份的海山变幻;只是须得安居静守,才有缘领略个中妙处。当然我们也不虚此行,九份不但较多地存留着旧日的建筑风貌,也较好地保存了淳朴的台湾风情。它有些像江南水乡的古镇角直,又因为倚山而建,层层叠叠,移步换景;更难得的,是全不见某些开发过度景点的商俗粗鄙,浓郁的文化情调仿佛从骨子里生发出来。

返回台北的途中,我们在基隆品尝庙口小吃。环绕着小小的奠济宫,密密麻麻几条街,虽是雨天,游人吃客摩肩接踵。许多店铺是敞开式的,与邻家食桌相依,而各家有各家的绝活,不必担心会被别人抢了生意去。此情此景,让我不由又想起三十年前,南京城南随处可见的小吃店摊。

历经几度"老城改造"的南京人,常常无奈地絮叨失落的家园,尽管清楚地知道已无法回到从前。意外的,在异乡的雨中,我竟一再被唤醒了往昔的记忆,触动旧时的情怀。

168

一路书香

赴台行程确定,我就约好了台湾的书友,盘算着如何见缝插针,做一回书香之旅。没想到这一份书缘,比期待的还要早,4月5日中午,在从桃园机场到台北的大巴上,来接机的张晓平女士,就说到我的书已经先我而行,来过台湾。

夏潮基金会董事长宋东文先生,领我们参观他的若水堂书店时,拿出一份电脑打印的进货与销售记录,说明自2000年以来,店里曾进过我的九种著作,而且全部售完。身为作家,没有比这更高兴的了,遂请他在记录纸上签了名,留给我做纪念。

当天晚上,曾到内地作访书行脚的陈逸华先生,应约领我去逛书店。他的好友林彦廷先生同来,且为我带来新风出版社早年编印的一种《中国现代小说选》。幸而我带着几本长篇小说《城》,即取为回赠,不致失礼。

我们的居处在台湾大学左近,一街之隔,就有十余家旧书店。第一家去的胡思二手书店,位于二楼,店堂里明亮爽洁,且设有供书友休憩交流的茶座;架上书排列齐整,品相亦佳,还有可以坐定看书的椅凳。放在南京,不要说以杂乱为传统的旧书店,新书店能有这样条件的也不多。顺着书架浏览,一眼就看到夏志清先生的《中国现代小说史》,传记文学出版社1979年9月初版精装本,不禁喜出望外。虽然近年内地出了这书的简体字"增删本",我向陈子善先生问起时,他笑言,那不值得你看,什么时候我帮你找本港台的原版好了。结果还是我自己圆了这夙愿。接着入手的是《走出伤痕——大陆新时期小说探论》,东大图书公司1991年2月初版精装,且是著者张子樟的签赠本,粗粗翻看,便发现在对彼岸小说的同步阅读上,台湾研究者似稍胜一筹。罗忼烈先生的《元曲三百首笺》,明伦出版社1971年4月再版精装,这书至今未见内地出版,以后怕更不会有人出了。

逸华同店主很熟,因了他的介绍,女主人热情地为我办了"爱书会员卡",招待我们喝茶。凑巧的是,台大教授李志铭先生正好在店里,而店里正好有他的两种著作:群学出版有限公司的《半世纪旧书回味》和行人文化实验室的《装帧时代》，前一本在2005年问世，即获评《中国时报》"《开卷》十大好书"。这都是我大感兴趣的"书之书"，所以当即买下，请他签了名。听说他还有一本《装帧台湾》，可惜已经售空，只好托逸华代寻了。

将买下的书暂存店中，我们打车赶去旧香居。台北的旧书店一般营业到晚上十时，逸华说只要店员还没离开，就能请他们延时。一路上，他又把经过的几家旧书店指点给我。旧香居的出色之处，不在于店堂的大小，也不在于四十年的历史，而是近年来不断独立举办的各种展览。店主赠我一册去年8月"名人信札手稿展"的展刊《墨韵百年·台湾抒写》，印制之精与装帧之巧尚在其次，最令人惊异的，是展品中竟有胡适、傅斯年、钱穆、林语堂、梁实秋、罗家伦、林海音、谢冰莹、苏雪林、蒋梦麟、台静农等数十位先贤前辈的信札手稿。正如《展览缘起》所宣言："我们深信，今日的旧书文化，除商业经营之外，在现代社会还能提供保存历史、收藏记忆、汇集文献的功能。"我遂又买下了2008年《三十年新文学风华》和2009年《五四光影：近代文学期刊展》两种展刊。旧香居的书品种多，品位也较高，只价格略贵。我最中意的，是文建会编印的两种年画集:1997年第一至十二届《版印年画征选得奖作品特辑》，十二开精装;2004年第一至十九届版印年画特展《薪版相传》，大十六开平装，仅发行五百册。另一种简上仁著《台湾民谣》，众文图书公司1990年二版二印，亦属于我的俗文学专题。直到十一时，实在不好意思耽搁主人休息，才依依惜别。

6日下午拜访中华文化总会，转角的牯岭街，曾经是台北爱书人心目中的福地，可我只能从车窗中张望一眼，赶去参观台北文化地标纪州庵。一座日本占领时期的料理店，曾经的灯红酒绿所在，如今化身为"与老树绿荫相伴，台北最自在的文学角落"。纪州庵精彩的文学活动络绎不绝，附近有着太多名作家的故居和出版社的旧址，包括被称为"台北半个文坛"的林家客厅，无奈我们缘薄，只能从钟文音的"暗室微光"摄影展中，稍稍领略前辈风流。

阳明山的山路，只容两车对行。山腰一株三四人合抱的大树下，留出段岔道，可以停两三辆车，因为对面是林语堂故居。不算大的庭园中，糅合了四合院结构的西班牙式公馆建筑，蓝瓦白墙，紫窗白柱，如玉的纯洁令人油然而生敬意。室内的陈设一如既往，仿佛主人只是短暂离开，随时可能现身，与来客无所不谈。三十年前，我第一次打开那本官方盗印远景版的《苏东坡传》，不是因为林语堂，而是因为苏东坡；可阅读的后果，是不但重新认识了苏东坡，也牢牢记住了林语堂。这一回，我有幸买下了钤有"林语堂故居藏书"印记的《读书的艺术》，以为纪念。

逸华送我一份他参与编纂的"台湾旧书店地图"，标示各地一百七十余家旧书店的详址，仅台北就有五十五家。自由活动时间，我便按图索骥，先后走访了公馆旧书城、茉莉书店台大店、雅舍书店、古今书廊的博雅馆和人文馆等。这些书店中罕有古籍，五十年以上的旧书也少，所以多称二手书店，是比较准确的；相较而言，台湾的新书价格远比大陆高，二手书价并不比内地贵。考虑到回程携带的困难，我只能精选内地见不到的书，在古今人文馆买到杨家骆主编、世界书局 1961 年 2 月初版《中国笑话书》，"俗文学丛刊之一"，实选历代笑话书七十一种，蓝墨印刷，惜有几页缺角；又金兰文化出版社 1975 年 10 月初版《竹幕笑话》，则可见出当时两岸严重的文化隔膜；《中国纪念节日手册》，编著者孙镇东 1982 年自印精装本，细述近百个节日的来龙去脉，正可与内地同类书籍做比较。

因去胡思书店取寄存的书，忍不住又挑了几种：《中义版画交流展》，台湾艺术教育馆 1995 年 4 月编印，十二开

173

本，多当代名家之作；《罗公文藻晋牧三百周年纪念》，闻道出版社1992年3月初版，罗氏是南京首任主教。另一种《璀璨琉璃　战国珠子》，因同行的荆歌先生正沉迷于琉璃珠收藏，一路追索不已，只好让给他了。

台南的旧书店也有二十家，可惜我们的住处离得过远，只在安平老街上，发现一家海翁闽南语册房，专售闽南语书，我挑到台南县文化局2001年4月初版《台南县闽南语歌谣集》，采集者以原音记录，配国语对照，态度严谨；书前并钤有"海翁台语文图书馆藏书"印。

10日下午参访成功大学文学院，老远就看见高大门楣上的巨幅宣传画："仰观天象·俯察万物"，2012年成大文学家系列讲座和作品展。画面上以出生月份为序，一字排开十六位文学家的半身像：马森、苏雪林、叶石涛、汪其楣、黄永武、阎振瀛、夏烈、陈之藩、白先勇、龙应台、董桥、林梵、苏伟贞、舞鹤、夏曼·蓝波安、痞子蔡。有意识地营造浓郁的文学氛围，或许正是文学院名家辈出、拥有如此阵容的原因；而痞子蔡的得与比肩，又体现出一种宽容的胸怀。

成大博物馆中，按原样布置了苏雪林先生的书房，我在其间流连许久。自二十年前淘到真美善书店初版毛边

《蠹鱼生活》，就开始关注这位"文坛常青树"，搜集了内地新版的《苏雪林文集》与各种传记。文学院赠送每人一册纪念集《凝视》，用白细布作外函，上印老人素描头像，以其故居门牌为配饰；并表示可以向需要者提供《苏雪林作品集》，这真是难得的机缘，我便不客气地举了手。我们返回台北时，这套书已经寄到了住所，要算是此行最意外的收获。因为太过沉重，只好托逸华代为转寄南京。

12日晚宿花莲，从地图上查到旧书铺子所距不远，遂去逛了一个小时。店堂很大，书架顶天立地，文学书多而廉。我挑了台湾1998年11月初版、陈大川著《纸：造纸史周边》，与《朴实之美——台湾庶民的心内事》，基隆朴素艺术家特展展刊，基隆市文化中心1999年5月印行，十二开本。以"朴素艺术"定位"未受过专业训练的凡民所创造的艺术作品"，比内地的"农民画"之类似更妥切；而以朴素艺术作为"最有代表性的文化表征"，又反映出全球化图景中地域文化特色迷失的困境。

13日，离开台湾前的最后一晚，因了逸华的牵合，我去茉莉二手书店师大店，与傅月庵先生对谈。傅先生是位纯粹的书人，买书、读书、著书、编书、卖书，深谙书中三昧，所著书话在两岸都有出版，大受读者欢迎；目下经营的茉莉二手书店,已有六家连锁,成为台湾旧书业的一种标杆。书店布置简朴,傅先生的办公处就在书库之中。我带了毛边本《版本杂谈》送他。他赠我远流初版的《天上大风》,知道我喜爱版画,又准备了一本1947年1月初版、刘铁华著《木刻初步》,还有一份精品高山茗茶,真让我却之不恭,受之有愧。参加对谈的约二十位书友,畅谈两岸的书情书色。有几位书友带了我的书来索题签,还有一位网络诗人飞天女士,以她的诗集和音乐原声带《桃花一朵》相赠。对谈结束,我在店里也挑到几本书:昆布著,同属远流版绿蠹鱼书系的《移动书房》;谭达先著《中国评书(评话)研究》,商务印书馆1988年台湾初版;郭廷以《近代中国史纲》,香港中文大学出版社1980年二印精装本,此书虽内地已有简体字版,总觉得读原版放得心些。

14日上午,陈逸华和林彦廷陪我们去九份。小林又有书相赠,是苏雪林的《二三十年代作家与作品》,广东出版社1980年6月再版精装本,以及《台北岁时记》、《2012纪州庵玩书节》等读书淘书资料,还有一方精制的古梅墨,听说是台湾有名的老师傅所制。只盼小林能有南京之行,让我好有机会略尽地主之谊。进了九份乐伯书店,乐伯就乐呵呵地迎上来,说他已听闻昨晚茉莉的活动,知道我们今早会来，只怕店里没有好书啊。我看中了架上的几本"中国谣谚丛刊"，此书由朱介凡主编，天一出版社出版，第一辑共十种，可惜只得其半，且是 1974 年再版本，相类似的是《增补中华谚海》，史襄哉编，朱介凡校，天一出版社1975 年 8 月初版；各书卷首均钤有"国民大会图书馆藏书之章"，想是"国民大会"解散后流散出来的。最后择定的是《国剧与脸谱》，张伯谨编，"国立复兴戏剧实验学校"1981 年 8 月第二版，增补本，林语堂先生序中，称其为"最充实最完美的国剧大成"，"又附有一套最完善的国剧脸谱，细描着色，皆精美绝伦"；线装一巨册，八开大小，厚三厘米，外加青布函套，重达四公斤。我担心的就是这分量，毕竟不能释手。

回到住所收拾行装，一路所得，加上几位作家的赠书，共四十七本，行李箱中装了一半，手里还提着沉甸甸的两袋。到机场托运行李箱，正好在上限二十三公斤，顺利过关，才算松了口气，坐在候机厅里，心中已渐渐浮起泡茶翻书的愉悦了。

后 记

　　百花文艺出版社的小开本散文丛书,在1980年代,曾是我搜求的对象,前后总共买过一二十种,每每爱不释手。近得陈子善先生告知,社方属意重新推出,并嘱我加盟,使我备感荣幸,也就借此机会,将这十来年间的零散文字,汇为一编。

　　从事写作三十余年,以1996年为界,大致可以划分为前后两阶段。前段主要是写小说;后段所写的书话、散文、随笔,除已结集出版的三十余种外,散见于报刊的尚有三四十万字。本书选入的,约占五分之一,因多关涉书人书事,所以取《书生行止》为题。

　　"行止"一词,给我留下深刻印象,是早年读陶渊明的情诗:"愿在丝而为履,附素足以周旋。悲行止之有节,空委弃于床前。"文人行止应有节,"行于所当行,止于所不可不止",不仅是为文的法度,也是为人的原则——套用个"与时俱进"的词儿,便是"底线"了。当今之世,官场商场,最缺的可能就是底线;而唯一具有底线自觉的,不幸只有文人。这话题未免过于沉重,大而化之,书生行止,就是读书人的一动一静罢了。

全书分为三辑,各辑大体以写作时间先后为序。第一辑所收,多为笔者与师友的交游,包括与无缘晤面的前辈的神交。

第二辑是个人的阅读经历和心得,以及对藏书、读书活动的些许随感。

第三辑属于"行"的内容。虽然海阔天空地跑过不少地方,只是我一向懒于写游记,所到之处拍照片,也很少把自己拍进去。结果留下印象的,几乎又都与书事相关。"行走"之外,当然还有"行动",那是我的生活中,比写作更值得纪念的内容,所以也借此留下些微痕迹。

所选文章,大体保持原貌,文字上略有修饰,如说明写作的时间、背景等,以便读者;发表时曾被删改之处,则一律恢复。

静亦不能如处子,动亦不能如脱兔,书生行止,行止而已。

2013 年 9 月 1 日